♭

TARANTULA
by Bob Dylan

이 도서의 국립중앙도서관 출판예정도서목록(CIP)은
서지정보유통지원시스템 홈페이지(http://seoji.nl.go.kr)와
국가자료공동목록시스템(http://www.nl.go.kr/kolisnet)에서 이용하실 수 있습니다.
(CIP제어번호: CIP2016029650)

타란툴라

밥 딜런 소설

공진호 옮김

문학동네

일러두기

1. 주석은 모두 옮긴이주다.
2. 이 작품은 문장의 시작이나 고유명사 여부에 상관없이 텍스트 전체가 영문 소문자로 쓰였다. 예외적으로 저자가 단어 전체를 대문자로 쓴 경우와 단어의 첫 글자만 대문자로 쓴 경우에 한해 각각 견고딕체와 중고딕체로 구분해주었다.
3. 인명, 지명 등 외래어는 국립국어원의 외래어표기법을 따랐으나 일부는 관습 표기를 존중했다.

차례

여기 '타란툴라'가 있다

1966년 가을, 우리는 밥 딜런의 '첫번째 책'을 출간할 예정이었다. 다른 출판사들이 부러워할 만했다. "그 책 많이 팔릴 겁니다." 밥 딜런이 저자라는 사실 말고는 그 책에 대해 아는 바가 없을 텐데 그렇게들 말했다. 밥 딜런은 아주 특별한 이름이었으니까. "아닌 게 아니라 존 레넌의 책이 얼마나 많이 팔렸는지 봐요. 밥 딜런이라면 그보다 두 배, 어쩌면 그 이상 팔릴 겁니다." 책의 내용은 아무래도 상관없었던 것이다.

밥은 가끔 우리 사무실에 들렀다. 당시의 그로선 대낮에 돌아다니기가 어려웠는데, 12번로와 5번가의 교차점에 있는 옛 사옥에 걸음하는 것도 마찬가지였다. W. B. 예이츠 같은 이들의 초상화나 사진 들로 뒤덮인 두꺼운 벽과 대리석 계단으로 이뤄져 있던 그 놀라운 건물 말이다. 예이츠의 첫번째 책도, 실은 그의 모든 책을 우리가 출간했었다.

9

밥이 어려운 걸음을 했던 어느 날, 커다란 오크나무 책상 앞의 접수 담당자는 하필 그의 외모가 마음에 들지 않았다. 그녀는 위층 사무실로 전화를 걸어 그를 올려보내도 되겠는지 물었다. 재미있는 일이었다. 그가 환영받지 못하는 곳이란 거의 없던 시절이었으니까. 그가 사무실에 나타나면 사람들은 쳐다보며 속삭이거나 뒤로 물러서곤 했다. 그에게 몰려드는 것을 무례하다고 생각한 것이다. 물론 그에게 무슨 말을 해야 할지 몰라서이기도 했지만.

우리는 그의 책에 대해, 그가 책에 거는 기대에 대해 이야기를 나누었다. 그가 생각하는 책의 디자인이나 책의 제목 등에 대해서도. 우리 역시 그 책에 대해 아는 게 많지 않았다. 여전히 '진행중'인 일이라는 것, 어느 젊은 싱어송라이터의 첫 책이라는 것, 간혹 시를 쓰기도 하며 많은 사람들에게 야릇한 영향을 미치는 그 수줍음 많은 청년이 최근 급속도로 명성을 얻고 있다는 것 정도가 우리가 아는 전부였다.

우리는 그 책으로 돈을 버는 것 외에 그 책을 달리 어떻게 활용할 수 있을지 확신이 서지 않았다. 밥이 뭘 하고 있는지도 잘 몰랐으니까. 다만 좋은 출판사라면 저자로 하여금 자신의 좌표를 점검할 기회를 준다는 것 정도는 알고 있었다. 시인 로버트 로웰은 "자유 계약으로 면도날을 따라 일하는"* 이야기를 하는데, 우리 생각에 밥 역시 그런 종류의 일을 하고 있는 것 같았다.

---

* 로버트 로웰의 시 「결혼 생활의 비통함에 대하여To Speak of the Woe That is in Marriage」의 한 행("freelancing out on the edge")이다. 아내와 다투다 나가 다른 여자를 찾는 남자를 가리켜 하는 말로, 대개 외도의 위험을 일컫는 비유로 쓰인다. 본문에서는 가수인 딜런이 책을 쓰는 일을 빗대고 있다.

우리는 우선 우리가 보기에 괜찮은 방향으로 책의 디자인을 구상했다. 밥도 마음에 들어해서 우리는 바로 작업에 돌입했다. 밥의 사진과 '타란툴라'라는 제목 글자를 새겨넣은 버튼 배지와 쇼핑백도 만들었다. 우리는 밥 딜런의 책이 나올 것이라는 사실을 사람들에게 알리고 싶었다. 〈라이프〉〈룩〉〈뉴욕 타임스〉〈타임〉〈뉴스위크〉 등 당시 밥에 대해 떠들고 있던 모든 언론을 거들고 싶었다. 우리는 선주문을 받아놓고 있었으며, 인쇄와 제본을 앞두고 마지막으로 잘 검토해보라고 밥에게 교정쇄를 가져다주었다.

6월이었다. 밥은 자신의 순회공연 기록영화를 편집하다가 잠시 손을 놓은 상태였다. 우리는 그의 책에 대해, 작곡가 라모Rameau와 시인 랭보Rimbaud에 대해 이야기를 좀 나누었으며, 밥은 2주 안에 "몇 군데 수정하는 일"을 끝내겠다고 약속했다. 그로부터 며칠 뒤, 밥은 모든 일에서 손을 놓았다. 오토바이 사고가 난 것이다. 모든 활동을 중지할 수밖에 없었다.

책은 그대로 출간될 수도 있었겠지만, 우리는 그럴 수 없었다. 밥이 원하지 않았다. 이제는 밥이 "몇 군데 수정하는 일"을 할 여건이 안 되었다. 그뿐이었다.

시간은 흘러 그해가 저물었다. 격분한 이들도 있었다. 대체 그 책이라는 게 어떻게 됐느냐는 것이다. 밥 딜런이 약속하지 않았느냐고. 맥밀런 출판사도 약속하지 않았느냐고. 출판사에서는 버튼 배지와 쇼핑백까지 만들었으면서. 심지어 창고에 남은 버튼 배지와 쇼핑백 들을 훔쳐다 파는 사람들도 있었다. 밥의 사진이 찍혀 있는데다 어쩌면 사진이 책보다 나을지도 모르니까.

설상가상은 책을 미리 읽어보고 평가해줄 만한 사람들에게 교정쇄가 여러 벌 나가 있었다는 점이다. 출간 전 평가를 위한 교정쇄를 내보는 것은 모든 책에 대해 이뤄지는 과정이다. 제본되지 않은 원고 더미 상태로 나가기도 하고 스프링 제본으로 나가기도 한다.

그리고 시간이 또 흘러갔다. 여전히 많은 사람들이 그 책에 대해 이야기하고 언제쯤 출간될지 궁금해했다. 그러나 밥이 원하지 않는다면, 또는 그러기 전까지는 결코 출간될 수 없었다. 그는 그럴 마음이 없었다.

시간이 흐르면 흐를수록 점점 더 궁금해하고 격분하는 이들도 있었다. 밥 딜런의 책이면 대수냐고, 밥 딜런이 출간을 원하든 원하지 않든 알 게 뭐냐고, 그들은 말했다. 대체 그에게 무슨 권리가 있느냐고 말이다. 그리고 그들은 어떻게 했는지 일부에 배포된 교정쇄의 복사본을 한두 부 입수해 그 복사본의 복사본을 만들기 시작했다. 이 복사본들은 버튼 배지보다 훨씬 더 잘 팔렸다.

일부 일간지들이 이런 사태를 포착하고 그 책의 일부 내용을 발췌해 긴 서평과 함께 추측과 비난의 기사를 실으려 했다. 밥이 마음에 들어할 리 없는 아이디어였다. 마음에 들지 않기는 우리도 마찬가지였다. 예술가가 자신의 작품을 어떻게 할지 결정할 권리는 전적으로 예술가 본인에게 있다는 것을 우리는 잘 알고 있다. 그리고 출판사는 그 권리를 보호해주어야지 폐기해서는 안 된다. 모든 사람이 이 사실을 알아야 한다. 누구도 자신의 소유가 아닌 것을 마음대로 취해서는 안 되는 터에, 우리가 정당하게 소유할 수 있는 유일한 것은 우리의 작품이라는 사실을 말이다.

시인과 작가 들은 자신들이 어떻게 느끼는지를 말함으로써 우리가 어떻게 느끼는지를 대변한다. 그들은 말로 표현할 수 없는 것

12

을 표현할 방법을 찾는다. 그들은 진실을 말하기도 하지만 우리를 실망시키지 않기 위해 거짓을 말할 때도 있다.

밥은 이해하기 힘든 방식으로 작업하며, 언제나 훌쩍 앞서 있었다. 과거의 그가 『타란툴라』에 쓴 내용의 많은 부분이 지금은 그때와 달리 이해하기에 그리 어려워 보이지 않는다. 사람은 변하며 감정도 변한다. 그러나 『타란툴라』는 변하지 않았다. 이제 밥이 이 책의 출간을 원하여 여기 이렇게 책을 내놓는다. 이것은 밥 딜런의 첫번째 책이다. 그가 스물다섯 살 때 쓴 그대로이며—바로 이렇게—이제 여러분도 그것을 알게 될 것이다.

1971년 로버트 마켈
(맥밀런 출판사 편집자)

권총, 매의 입술책[*]
& 벌받지 않은 떠버리

어릿사[**] / 반짝이는 성가 주크박스[***]와 그의 여왕 & 그는 취한

---

[*] The Falcon's Mouthbook. 매falcon는 밥 딜런이 좋아하는 영화 〈말타의 매The Maltese Falcon〉(1941)에 나오는 작은 조각상을 가리키는 것으로 보인다. 부리부터 발까지 보석으로 치장되어 있다. 또는 타로 카드의 매가 상징하는 탁월함, 일상적인 것에 초연한 무엇, 보다 고고한 통찰력을 가리킬 수도 있다. '입술책Mouthbook'은 밥 딜런의 조어로서 '입으로 쓰는 책'을 뜻한다. 입으로 쓰인 책이니 밥 딜런의 '글'은 귀로 읽어야 하, 이를 번역하는 작업은 그의 '목소리'를 번역하는 일이요 '활자'에 현혹되지 않는 일이기도 하다.

[**] aretha. 밥 딜런이 '솔뮤직의 여왕'의 원형이라고 상상하는 대상, 〈구르는 돌처럼 Like a Rolling Stone〉의 미스 론리Miss Lonely가 아닌 이상적인 무엇을 가리키는 이름이다. 가스펠송을 부르던 어릿사 프랭클린Aretha Franklin이라는 실제 특정 인물만 지칭하지 않을 나타내고자 소문자로 쓴 것으로 보인다. '어릿사'라는 이름은 이 작품 전체에 걸쳐 20회 이상 등장하는데 단락 끝에서 철자 순서를 바꾸어 'earth'로 변용되기도 한다. 이 '어머니 같은 대지'는 〈뷰익 6 에서From a Buick 6〉의 "나의 소울뮤직 여자, 그녀가 날 숨겨두네My soulful mama, she keeps me hid"에서처럼 저자를 텍스트로 숨겨둔다.

[***] 1965년, 밥 딜런은 전기 악기를 사용해 공연하기 시작했고, 이 때문에 팬들의 야

15

수혈의 상처 속에 퍼지고 스스로 감미로운 불구의 선율에 열중하고 있다 & 나는 환호로 맞이한다, 오 위대하고 특별한 엘도라도의 황홀과 그대, 인격을 지닌 상처난 신을, 그러나 그녀는 그대를 이끌지 못한다 그대가 따라도 그녀는 그러지 못한다 그녀는 짐 질 힘이 없다 그녀는 그러지 못한다 …… 검은 꽃 장식의 천장 선풍기들 & 무화과잎 블라인드들 & 등을 둥글게 구부리고 밤새 교미하는 개들 & 억울해하는 겁쟁이들의 하모니카 대대, 유골들 그리고 과거사를 치유한다 그사이 신음 소리는 점점 더 꾸준히 커가고 & 어스름 속 송장은 격렬한 입맞춤에 깨어나 팔을 뻗고 & 마음에 드는 원수와 함께 숲으로 들어가며 우표와 미친 집배원들을 찢는 일 & 그것 외에도 모든 무성하고 익숙한 야심을 뒤흔들면서, 그것은 어머니가 숙녀가 아님을 아는 데 필요하다 …… 어릿사, 목적이 없고 영원히 혼자인 그녀 & 천국으로부터 떨어진 부드러운 한 걸음/ 그녀의 감정의 외교관 & 그녀의 대지 & 그녀의 음악에 담긴 비밀과 함께 이 선율도 그녀가 소유하고 있음을 알게 하라

십이륜 세미트레일러를 탄 검열관
도넛을 먹으러 잠시 들러 웨이트리스를
꼬집네/ 그는 날것인 & 시럽을 곁들인 여자를
좋아하지/ 그는 유명한 군인이 되는 일에 전념하네

유를 받았다. 이에 시인 앨런 긴스버그는 "주크박스로 위대한 예술이 가능한지 보기 위한 예술적 도전이었다"며 밥 딜런을 옹호했다. 여기서 '주크박스'는 팝뮤직 즉 대중음악 또는 문화적 콜라주를 상징하는 말로 보인다.

도처에 무자비한 원고로 인한 악몽 & 보라, 법의 여우에 대한
예언적이고 맹목적인 충성, 달거리 규칙을 지키는 큐피드 & 교의
의 도취적인 유령들 …… 아니지 아냐 & 목욕 가운을 입은 뱃사
공은 영원히 추방되기를 & 축성되어 생지옥의 선반에, 상상력이
부족한 수면에, 변화 없는 반복에, 들기를 & 매트리스 속에 숨어
파멸을 엿보며 기다리는 살찐 보안관 …… 할렐루야 & 떠돌이들
의 왕초가 오네 & 영성이 밝은 집시 데이비*에게 성직을 맡기니
바야흐로 그의 캠프에 외국인 독재자, 백인 FBI & 평화에 실패한
무명의 심문자가 잠입하네, 거룩하고 은빛으로 빛나며 만화경 &
샌들 신은 여자애의 무늬로 축복받은 평화 …… 춤추는 마약 중
독 숫처녀들**의 꿈을 꾼다는 것 & 파이프 오르간을 치는 방랑하
는 아폴로*** / 비과학적인 떠돌이들 & 운종은 & 입술을 삐죽 내
밀며 & 외모를 물려주려 하는 그 예쁜 것들 & 아담의 어깨 & 이
브의 음유적 까꿍놀이로부터의 안부 인사를 …… 의지가 강인
한 자들 & 부동산 권리 소유자들을 몽둥이로 두들겨패 물고기
같은 어릿광대로 만들 기회를 넘겨주면서 & 그대의 변덕스러운
의지를 잡아채고 …… 설득에 굴복하게 만들지, 그것은 살인에

---

* '집시 데이비gypsy davy'에 관해서는 우디 거스리Woody Gutherie의 동명 노래 〈집
시 데이비〉와 밥 딜런의 〈묘비 블루스Tombstone Blues〉 참조. 상류층 여성이 가정
을 버리고 데이비라는 집시를 따라가 산다는 내용.
** "dancing pillhead virgins". 천사에게 육체가 없다면 얼마나 많은 천사가 동시
에 핀 대가리 위와 같은 작은 공간에 존재할 수 있겠느냐는 중세의 불가해한 신
학적 추측을 나타내는 관용구 '핀 대가리 위에서 춤추는 천사들angels dancing on
the head of a pin'을 변형한 말이다.
*** 아폴로는 태양신, 시의 신이며 예술적 영감의 상징이다.

버금가는 민중에 대한 범죄 & 의사들, 선생들, 은행가들[*] & 하수관
청소부들은 자신들의 권리를 위해 싸우는 한편 동시에 지독히 관
대해야 하지 …… 그리고 선더버드를 탄 탭 헌터^{**}가 이끄는 가두
행진에도 참여해야 한다네/ 펄 베일리^{***}가 뷰익으로 그를 짓밟아
& 포세이돈의 새로운 고객들의 화신이기도 한 빈곤이 숨바꼭질을
하는 곳 & 거기 누구냐? 라는 말 뒤로 달아나는 곳 & 지금은 바보
같은 짓이나 할 때가 아니지, 그러니 그대의 커다란 장화를 신어라
& 쓰레기 광대들과 시급時給을 향해, 그리고 관장灌腸하는 사람들에
게 달려들어라 & 신진 상원의원들 & 도깨비들이 물음표의 대가리
를 뜯어내는 곳 & 그들의 아내들이 파이를 만든다 & 이제 가라 &
얼굴에 파이를 던져라 & 어디를 향하는지 모를 열차를 타라 & 어
릿사의 독실한 넓적다리를 향해 & 움직임으로, 그대의 악덕의 요
정을 찾아라 & 그대의 미숙하고 예민한 자존감을 폭파시켜 만천하
에 드러내면서 & 마지막으로 우주에 구멍과 음악이 있는지 모르겠
지만 & 그녀가 해마를 길들이는 것^{****}을 지켜보라/ 어릿사, 그대
는 성가대 소년들 & 응석둥이들의 야유를 받아 마녀처럼 너무 침

---

* "비과학적인 떠돌이들 (……) 의사들, 선생들, 은행가들"은 앨범 밥 딜런의 다섯
번째 앨범《모두 가지고 돌아오다Bringing It All Back Home》(1965)에 수록된 〈사랑
마이너스 제로/무한대Love Minus Zero/No Limit〉의 노랫말을 참조.

** Tab Hunter(1931~). 1950~60년대에 인기를 끈 미국 배우. 스물네 살에 1955
년도 신형 검정색 선더버드를 구입했다. 아프리카계 미국인 민권운동은 1954년부
터 68년에 걸쳐 전개되었다.

*** Pearl Bailey(1918~1990). 미국 흑인 가수.

**** 밥 딜런이 고등학교 과정에서 배웠을 것으로 생각되는 로버트 브라우닝의 시
「나의 마지막 공작부인My Last Duchess」에 "해마를 길들이는" 포세이돈Neptune이
언급된다.

울하다 & 그대는 흥겨운 노래를 모르는가

그 변호사, 돼지에 목줄을 걸어 데리고 다니다
차를 마시러 들른다네 & 검열관의 도넛을
실수로 먹는다네/ 그는 제 나이를 속이길
좋아하지 & 제 편집증은 심각하게 여기고

쾌적한 무덤을 파는 광고가 난다 & 기분 내키는 대로 배분되는
잡지들 & 가정주부는 자신이 무덤 재정 지원을 받은 줄 알고, 찢어
졌지만 검열되지 않은 그것들을 깔고 앉아 있다 & 또한 얼굴을 붉
힐 일도 절대로 없다/ 그녀는 제 송장이 기어서 그의 문을 닫을 용
기를, 은행 강도질로 죽을 능력을 허락하지 않는다 & 이제 그녀는
그녀의 흙먼지와 얼굴 위에서 공포 영화를 만들어내는 왕년의 스
타들의 뒤꿈치를 본다 & 이제 누구도 그녀를 파낼 수는 없다. 그녀
는 사유 재산이니까 …… 둥지 속의 바주카 & 얼음으로 만든 전천
후 무기 & 그것들이 움찔하며 쩍쩍거리고 상처를 내고 & 미모의
여성들이 수치스러운 표정을 짓는 가운데 아기들을 죽인다 & 그
녀의 영구한 적, 아침식사용 시리얼 광고의 톰 소여는 장차 **론조***로
불릴 이 화장실 대량학살에 어떤 여성도 주의를 기울이는 일이 없

---

* 1940년대부터 80년대에 이르기까지 활동한 2인조 컨트리 음악 코미디언 중 한 사
람인 론조Lonzo를 가리키는 것으로 보인다.

게 한다 & 그는 여자를 놓고 다투는 일 외에는 아무것도 할 일이 없는 게으른 자들과 함께 인생의 길을 영원히 걸어야 하리라 …… 전쟁은 돈 & 탐욕 & 자선 단체들에 의한 것임을 모르는 사람은 이제 없다/ 가정주부는 여기 없다. 그녀는 국회의원에 출마했다

상원의원,* 오스트리아의 양처럼
차려입고, 커피를 마시러 들른다 & 변호사를
모욕하는/ 그는 자두로 식사를 하네 &
내심 자기가 빙 그로스비**였으면 하고 바라지만
에드거 버겐***의 가까운 친척이라는 사실을
늘 참고 받아들이네

적외선 등을 들고 싱긋 웃으며 도착한 철인鐵人에게는 설탕 병을 건네주면서 & "누가 범인이냐"라고 적힌 올해의 버튼배지 판매에 적극적이지 & 그는 첫눈에 빠져버리는 사랑 전도사 …… 시골 구석의 우둔한 골목대장이었던 그가 만나는 사람들마다 등을 두드리며 건방을 떠는 놈으로 자라나는 것을 사람들은 보아왔다 & 그는

---

* 〈모빌에 갇혀 또 멤피스를 그리워하는 것이Stuck Inside of Mobile with the Memphis Blues Again〉의 노랫말 중 "상원의원이 여기 오셨군 / 모두에게 자기 총을 보여주면서Now the senator came down here / Showing ev'ryone his gun"라는 구절이 있다.
** Bing Crosby(1903~1977). 1930~50년대에 걸쳐 인기 있었던 미국 가수.
*** Edgar Bergen(1903~1978). 미국 배우, 코미디언.

건방지다 & 그는 그 누구에게도 방금 문을 열어 그를 맞이해준 것처럼 말을 건다/ 인간의 조상이 원숭이라고 말하는 사람들을 그가 좋아하지 않는다지만 어쨌든 그는 우둔하다 & 파괴적으로 따분하다 …… 요리사 알라는 주방 바닥의 배고픔을 긁어내 콸콸 나오는 물에 떠 있는 접시에다 내리치는데 & 나머지 얼간이들은 서로의 능력을 칭찬할 뿐이다 & 여드름 때문에 언쟁이 벌어지고 & 일정을 줄줄 읊어대고 & 서로의 옷차림을 들먹인다 & 조각조각 흩어져버리는 액체 & 황당한 죽음을 당한다, 죽음에 이르는 광대극 같은 인간 농장의 토사물을 게워내며 & 어찌하여 예수 그리스도를 위해 의로운 또하나의 바보가 되어야 하는가? 모든 톤토들과 헤이보이가 프루그 춤을 추려다 다리를 잃을 때 키모사비와 미스터 팔라딘은 각기 똑같이 쉬는 시간일 때* & 어쨌거나 그사이 모든 것을 바로잡는 웃음을 기다리는 건 어떤가 & **와우** 찰싹 & 옛 애인 카우보이가 거꾸로 매달리는 건 또 얼마나 볼 만한 광경인가 & 천사 수지 Q.가 입양 기계에 동전을 주입할 때면 어떤 상징이 깍깍 & 동결되며 분출된다 & 어느 흉물스러운 비누 상자의 창자를 들이받으며 & 우르르 하는 소리 & 철인은 그의 "누가 범인이냐" 버튼배지들을 집어들고 & 사람들에게 거저 나누어준다 & 그들과 친해지려고 한다 & 어느 정당에도 소속되어 있지 않아도 사람들은 이제 준비가 되

---

* '톤토tonto'는 미국 연속극 〈론 레인저Lone Ranger〉에 나오는 인디언 캐릭터로서 지역 인디언 말로 '거친 사람'을 뜻한다. 그는 주인공 론 레인저를 '충실한 친구'라는 뜻의 애칭 '키모사비kemosabe'로 부른다. 이와 비슷한 시기에 방송된 〈해브 건, 윌 트래블Have Gun-Will Travel〉에는 주인공 '미스터 팔라딘Mr. Paladin'과 함께 '헤이보이Hey Boy'라고 불리는 중국인 사환이 등장한다. '프루그frug' 춤은 트위스트처럼 격렬한 춤이다.

어 있다, 무언가에 대해 무언가를 기억할 준비가

경찰국장이 바주카를 들고 있네,
거기엔 그의 이름이 새겨 있지. 술 취해
들어오면서 & 변호사의 돼지의 머리에
포구를 갖다 댄다네. 한때 아내를 구타하던
그는 권투선수가 되었지 & 내반족을
물려받았고/ 그가 원래 되고 싶었던 건
사형집행인. 그가 모르고 있는 건
변호사의 돼지가 상원의원과
친구가 되었다는 사실

도박꾼의 열정 & 그의 노예, 참새 & 그는 검은 나무상자 위에 올
라 열광적으로 떠벌리는데 & 한 무리 무모한 자들의 혼을 쏙 빼놓
으며 내일 아침까지 그대로 머무르라고 한다 & 공장에서 일하다
쓰러지지 말고 그냥 있으라고 한다/ 모든 사람은 사랑하는 사람과
태어나기를 바란다 & 누구나 그러지는 못한다 & 사람들은 실망하
고, 거짓말에 속아왔다 & 조직책은 이제 황소들을 불러들여야 한
다 & 전단을 질질 끌면서 & 부패하는 열의, 밀고자들 & 공중전화
에서 아파트 단지에 이르기까지의 자살용 탱크들 & 언제나 한동안
비가 내리는 걸로 시작되지 …… 어린 소년들은 밖에 나가 놀 수
없다 & 불도저를 탄 신新남성들이 라스베이거스에서 보내온 식료

품 & 생필품 꾸러미를 매시간 배달하러 온다 …… & 커피콩 전문가의 조카들 & 쿰라우데 성적으로 우등 졸업한 퐁파두르 업스타일의 인기 정치가들―그들을 찬양하라 & 은둔자의 방면放免에 울부짖는 작별을 & 아름답도록 추하고 & 더듬거리는 영원이여 이리 내려오라 & 당신의 어린양 & 백정들을 구원하라 & 장미꽃들에게 합당하고 창백한 향기를 부여하라 …… & 할아버지 허수아비가 굴뚝새 한 마리를 잡았네 & 그를 또한 구원할 수 있는가 보라/ 아래를 보라 오 위대한 낭만주의자여. 어떤 위치에서도 예언할 수 있는 당신, 모든 사람이 다 욥이나 네로나 J. C. 페니가 아니란 것을 아는 당신은 …… 아래를 보라 & 당신의 도박 열정을 붙들라, 공중 줄타기꾼들을 영웅으로 만들라, 대통령들을 사기꾼으로 만들라. 궁극적인 것을 일변시키라 …… 하지만 은둔자들은 결코 말하지 않는다 & 하층 계급이나 정신이상자나 수감자나 …… & 어쨌든 그들은 공장에서 일하지 않는다

선한 사마리아인*이 들어오네
"돌고 도는 인생"이라는 글귀를 뺨에 문신한
선한 사마리아인/ 그가 상원의원에게 말하기를
변호사를 그만 좀 모욕하시오/ 그는 엔터테이너가 되고 싶어하지 &
자신이 현존하는 이방인 중 최고라고 자랑하면서, 돼지가

---

* 〈폐허의 거리Desolation Row〉(1965)의 가사에 이런 부분이 있다. "그리고 착한 사마리아인, 그는 옷을 차려입고 있지/쇼를 보러 갈 준비를 하고 있어And the Good Samaritan, he's dressing / He's getting ready for the show".

그에게 달려들어 그의 얼굴을
먹기 시작하네

　머리가 둘인 문맹의 주화들이 밭 가는 괭이의 화신인 창문닦이
와 씨름한다 & 한 번 즐거이 들볶이고 & 가끔 무심히 돌에 부딪히
고 나서야 자기보다 못난 이들이 있다는 것을 깨닫고 혼란스러운
나머지 부아가 난다. 그는 창턱을 깨문다 & 그의 양동이 물을 마
시고 싶어하는 목마른 촌색시들에게 〈베이비-오를 어쩔까〉* 노래
를 불러주고 대단한 히트를 쳤다고 생각하지만 정작 신나는 일이
란 머리가 둘인 주화 중 하나에게 자신이 토머스 제퍼슨에게 고용
되어 그의 집에서 그 나쁜 것**이 자라고 있었을 때 창문을 닦은 적
이 있다는 얘기를 들려주는 것이었다 …… 창문으로 들여다보이
는 로런스 웰크*** 사람들, 그들은 도시계획부를 운영하고 있다 &
그들은 동면한다 & 가난한 사람들의 그림자 & 그 외의 구급차 요
원들과의 대화로 여름을 가득 채우고서 & 가족들과 흑인 남자 이
야기를 나누느라 정신이 팔려 그들은 이 창문닦이가 있는 줄도 모
른다 & 그들은 소중하니까 & 그들이 골프를 치고 있는 사진도 걸
려 있다 & 얼굴을 검게 태우며 & 그들은 창문닦이 노조의 본부에

---

* "what will we do with the baby-o". 19세기 중반부터 미국 남부에서 여러 가
지로 변형되며 불린 블루그래스 가요의 제목.
** 미국의 국부인 토머스 제퍼슨이 사저에 아편의 원료인 양귀비를 재배했다는 사
실을 가리키는 것으로 보인다.
*** Lawrence Welk(1903~92). 미국 음악가. 1951년부터 82년에 걸쳐 〈로런스 웰
크 쇼〉라는 텔레비전 쇼를 진행했다.

서 방수복을 입는다 & 이들은 찰리 스타크웨더*의 장례식 같은
데는 가지 않는다는 이유로 미식가임을 자처한다 너희 갓**의 족속
이여 샴페인은 이교도의 것이라도 적합하다는 것이겠지 & 음식
점 주인들은 애매한 태도를 취하지만 누가 봐도 물소들은 폭력에
의해 빠르게 사라져가고 있지/ 머잖아 주화에는 한 면만 남으리 &
어디서 왔는지 모를 모하메드는 욕설을 퍼붓고 & 아래로 떨어지는
창문닦이 & 그러면 돈이 있는 사람은 아무도 없으리 …… 계집이
구원하는 순결한 자, 소수자, 리버라체***의 목가 만세.****

트럭 운전사가 들어오네 바로 눈앞에
카펫 청소기를 들고서/ 모두가 그에게 인사하지
"여어, 조" & 그가 대답하기를 "조는 여기
주인장이고. 난 일개 과학자라고. 난
이름이 없어" 트럭 드라이버는
테니스 라켓을 든 사람이라면 그게 누구든 싫어한다네/ 그는
상원의원의 커피를 홀랑 마셔버리네 & 그에게
헤드록을 걸면서

---

* Charlie Starkweather. 미국의 연쇄살인범. 19세부터 20세에 걸친 두 달 동안 열
한 명을 살해한 죄로 20세에 사형에 처해졌다.
** 구약성서에 나오는 야곱의 장자. 히브리어로 '행운'을 뜻한다.
*** Liberace(1919~1987). 미국의 피아니스트이자 가수. 그에 관한 영화가 2013
년에 〈쇼를 사랑한 남자Behind the Candelabra〉라는 제목으로 상연된 바 있다.
**** 관용구 "God save the Queen(여왕 폐하 만세)"를 가지고 말장난한 것이다.

먼저 머리채를 확 잡아 내리누른다 & 발길질하는 목소리들을 탁자 위에 최대한 묶어두면서 & 그러면 거스 & 페그 & 주디 더 렌치 & 과일에 벌레가 든 네이딘 & 부치 앞에서 총으로 그녀의 골통을 날려버리는 곰얼굴 버니스와 같은 이름을 가진 영업부 직원들 & 그들은 모두 라커룸 & 채소에 열광한다 & 머그스, 그는 잠자러 가는데 목덜미에 머리를 바짝 대고 직장 일 & 이혼 & 헤드라인 뉴스 들에 대해 이야기한다 & 그에게 내 목덜미에서 떨어지라고 말할 수 없다면 그의 말에 대답 & 눈짓을 하고 & 우울한 대답을 & 자유의 종이 울리기를 기다릴 밖에, 도대체 기분이 어때라고 자문할 용기가 없다면 말이다 & 다른 얼굴을 하면 좀 어떤가? & 깡패들 & 구덩이들, 회사의 돼지들 & 거지들 & V형 8기통 엔진 자동차를 타고 미쳐 날뛰는 단막극의 시시한 조폭들과 요가를 배우는 암적인 비평가들, 그들 모두의 차이는 강물에 던져진다 & 훔친 거울 속에서 합쳐진다 …… 시체 보관소에서 바지를 벗은 채 허튼소리를 해대는 바이런 경을 발견하는데 & 그가 장 폴 벨몽도*의 사진을 먹어치우고 & 초록색 전구 조각을 가지라며 당신에게 내미는 & 누구도 당신에게 이 이야기를 해주지 않았다는 것을 깨닫는 & 인생이란 결국 그리 단순하지 않다는 것을 당신이 깨닫게 되는 그 중요한 날과 비교하면 …… 사실 인생은 읽을거리에 지나지 않는다 & 담배에 불을 붙일 무엇에 지나지 않는다 …… 그렇지만 렘 더 클램**

----

* Jean-Paul Belmondo(1933~). 1960년대 누벨바그 시대부터 80년대에 이르기까지 프랑스 영화계에서 중요한 역할을 한 배우.

** Lem the Clam. (여기서 'clam'은 물론 '조개'다. 멍청한 사람을 뜻하기도 한다.)

은 데일이 스카치위스키를 들이켜다 정말 붙들리고 & 그러자 모리스*가 피오리아 키드도 아닐진대 그와 함께 밖에 나가는가 하고 관심을 갖는데 & 그들은 아이오와 주 디모인에서처럼 보이지는 않는다 & 좋은 여자 데비,** 그녀가 나타났다 & 데일과 그녀는 신문 지상에서 동거하기 시작한다 & 제기랄, 누가 그들을 탓할 수 있겠는가? & 아멘 & 오, 저런, & 얘, 돈도 안 쓰면서 어떻게 퍼레이드가 잘되길 바라니 …… 색종이 조각을 뿌려야 하잖아 & 조지 워싱턴이라는 사람 & 네이딘이 뛰어온다 & 거스는 어디 있어? 라고 말하면서 & 그녀는 자기의 고뇌를 희생해서 그가 돈을 번 사실에 화가 나 있다, 달러는 종이 쪼가리가 되어가는데 …… 하지만 사람들은 그 종이 쪼가리를 위해 무슨 일이든 다 한다 & 어쨌든 가격표가 수단의 목적인 이상 1달러로는 한순간의 흥분도 살 수 없지 & 겨우 주먹만한 크기로 & 황금 무지개 단지에 매달려 있는 가격표들 …… 그것들이 공격한다 & 코 없는 시인들의 안장을 뒤덮는다

밥 딜런에게 별명은 중요하다. 별명은 필명과 달리 친근감을 나타낸다. 『밥 딜런 자서전Chronicles: Volume One』에서 저자는 갱단 두목 알 카포네Al Capone와 은행 강도 프리티 보이 플로이드Pretty Boy Floyd를 비교하며, 알 카포네는 냉혹한 요부 같은 인상을 주기 때문에 "별명을 얻을 자격조차 없는"이라고 평가했는데, '프리티 보이' 플로이드는 모험심을 자극하기 때문에 '프리티 보이'라는 별명을 가질 자격이 있다는 것이다. 이처럼 밥 딜런에게 이름과 더불어 별명은 분위기의 전달에 중요한 역할을 한다.
* 앞의 "데일"은 미국의 배우이자 가수였던 데일 에번스Dale Evans(1912~2001), "모리스"는 미국에서도 활발히 활동한 영국 배우 모리스 에번스Maurice Evans(1901~89)인 것으로 보인다. 데일은 어린이들에게 인기가 많았던 가수이자 카우보이 전문 배우 로이 로저스의 아내였다. 이 부부는 어린이를 위한 자선사업에 힘썼다.
** 미국 배우 데비 레이놀즈Debbie Reynolds(1932~)로 보인다.

& 불타는 경이 & 무지개 너머 어딘가에서 & 결혼해버린 내 애인의 눈을 멀게 하여 박수갈채하는 미치광이로 만들어버린다/ 미치광이 & 악의적인 말다툼 때문에 순진무구한 아이를 숯덩이로 쓰레기 더미에 내버리면서 & 찰리에게 하던 짓을 멈추고 & 돌아오지 말라고 말해줄 이 누구인가, 쓰레기들은 결코 심각하지 않은데[*] & 내일이면 살해당할 텐데 & 돌아오는 3월 7일이면 & 동일한 아이들 & 그들의 아버지들 & 삼촌들 & 레드벨리[**]마저 애완동물로 보이게 할 그 외의 모든 사람들에 의해 …… 그들은 언제나 쓰레기 수거인들을 죽이리 & 냄새를 닦으면서, 하지만 이 무지개, 그녀는 기둥 뒤에 숨지 & 이따금 토네이도가 드러그스토어들을 파괴하면서 & 홍수는 소아마비를 유발하고 & 거스 & 페그는 배구 네트에 뒤죽박죽 엉켜버리지 & 부치는 매디슨 스퀘어 가든으로 숨어들어 …… 곰얼굴은 날아온 유리 파편에 맞아 죽었지! I. Q. —60 몇 년대 & 이십 세기 & 그러니 노래하오 어릿사 …… 주류를 노래해 궤도

---

[*] 1957년 찰리 스타크웨더는 고등학교 3학년 때 중퇴했다. 그후 열세 살 난 여자친구 푸게이트에게 아버지의 차를 운전하게 시켰다가 다른 차를 들이받았다. 찰리의 아버지가 변상을 했고 두 사람은 격렬한 언쟁을 벌였다. 결국 찰리는 집에서 쫓겨나 쓰레기를 수거하는 일을 하며 트럭이 도는 길을 바탕으로 은행강도짓을 계획하기도 했다. 그러다 그해 11월, 주유소에서 직원과 말다툼을 벌인 끝에 그를 엽총으로 쏴 죽이고 만다. 그리고 이듬해 1월, 푸게이트의 집으로 가 그녀의 부모를 총으로 살해하고 두 살 난 아기의 목을 조르고 칼로 찔러 죽였다. 1994년 영화 〈킬러 Natural Born Killer〉는 찰리 스타크웨더 사건을 소재로 한 것이다.

[**] Leadbelly(1889~1949). 폭발적인 성격의 소유자였던 미국 블루스 가수 허디 윌리엄 레드베터의 별명. 살인죄로 복역하기도 했다. 교도소에서는 목을 칼에 찔리고도 살아남았고 배에 산탄을 맞고도 살아남았다는 등 여러 가지 일화를 통해 강인한 몸을 가졌던 사람으로 알려졌다. '레드벨리'라는 별명을 글자 그대로 풀이하면 '납같이 단단한 배'라는 뜻이다.

에 올려주오! 노래로 집에 오는 소 방울 소리를 듣게 해주오! 미스티*를 노래해주오 …… 이발사를 위해 노래해주오 & 기병대를 소유하지 못한 죄 & 후두염이 있는 댄서를 돕지 못한 죄가 있을 때 …… 발렌티노**의 해적들을 인디언들에게 잘못 인도한 죄나 선원 감옥의 귀먹은 평화주의자에게 도움을 주지 않은 죄가 밝혀질 때 …… 바로 그때가 그대가 쉬면서 & 새로운 노래를 배워야 할 때가 되었다는 표시이리니 …… 아무 잘못도 저지른 게 없으므로 아무것도 용서하지 않으며 & 그 고결한 잡역부 여인과 사랑을 나누라

지겨운 일이야. 이 선택된 소수를 위해
글을 쓰다니. 당신만 빼고 누군가를 위해
글을 쓰다니. 당신, 데이지 메이, 당신은
대중에 속하지도 않는데 …… 하지만 웃기는 건 말이지,
당신은 아직 죽지도 않았다는 거야……
내 말을 이 종잇장에 못박을 거야,
그리고 이걸 당신에게 날려보낼 거야. 그리고
그 말을 잊을 거야 …… 편지 읽어줘서 고마워.
당신은 상냥해.

---

* Misty. 1954년에 나온 재즈곡으로 프랭크 시나트라, 엘라 피츠제럴드 등 많은 가수들이 불렀다.
** 무성영화 시대의 팝 아이콘. 이탈리아 태생의 미국 배우 루돌프 발렌티노Rudolph Valentino(1895~1926)로 보인다. 당대 사람들에게 '탱고 해적'의 이미지로 인식되었는데, 글자 그대로의 의미는 '탱고 춤을 추는 해적'이지만 부유한 여성들을 상대로 돈을 뜯어내는 '지골로gigolo'를 뜻하기도 한다.

사랑해 그리고 키스를

당신의 판박이

멍청이눈이 (비행기 때문에 곤란을 겪으며)

길쭉하고 키 큰 외부인과 이상한 술을 마시다

백 베티, 블랙 브레디 블램 들램!* 블러디가 아기를 낳았네 블램 들램! 장애인을 고용해 블램 들램! 그를 바퀴 형틀에 매달아 블램 들램! 끓는 커피로 그를 지져 블램 들램! 생선 칼로 그를 잘라 블램 들 램! 그를 대학에 보내 & 드럼 스틱으로 토닥여줘 블램 들램! 그를 요리책에 넣고 끓여 블램 들램! 그에게 코끼리를 마련해줘 블램 들 램! 그를 의사들에게 팔아넘겨 블램 들램 …… 백 베티, 빅 브 레디 블램 들램! 베티에게 우유배달원이 있었네, 블램 들램! 사슬 에 묶인 건달들에게 그를 보냈네 블램 들램! 그에게 배꼽을 마련해 줘, 블램 들램 (내가 그걸 뗄 테니 그 젖꼭지 좀 잡아. 내가 그걸 자를 테니 가만히 꼭 잡고 있어 …… 블램!) 그에게 거들을 많이 공

---

* 블루스 가수 레드 벨리의 〈블랙 베티Black Betty〉를 변형한 듯하다. 밥 딜런은 무의 미한 노랫말을 이용하여 노래와 같은 운율을 만들어내고 있다. 블랙 베티와 백 베 티는 과거 미국 형무소의 채찍 또는 위스키를 가리킨다.

급했지, 폐렴에 걸린 그를 키웠지 …… 블랙 블러디, 이티 비티, 블 램 블램! 그는 새끼양 갈비살을 먹었다고 말했네, 블램 블램! 그를 스타킹에 넣고, 귀에 아티초크를 꽂고, 그를 깍지콩 가운데 심었네 & 나침반에 찔러박았네 블램 블램! 지난번 그를 봤을 때, 블램 블 램! 그는 백 층 위, 블램 블램! 창문에 서 있었지, 블램 블램! 기도 를 하고 있었지 & 그의 발은 돼지 발, 블램 블램! 블랙 베티, 블랙 베티 블램 블램! 베티에게는 실패자가 있었지 블램 블램, 나는 알 아차렸네, 길게 줄 이은 회교도들과 함께 바다에 있는 그를―블램 블램! 모두 다 꽥꽥 …… 블램 블램! 모두 다 꽥꽥. 블램!

미안하지만, 반지를 네게
돌려줘야겠어.
불쾌하게 하고 싶지 않지만,
내 손가락으로는 아무것도
할 수가 없어 & 벌써
냄새가 나기 시작했거든,
눈알 같은 냄새가! 그러니까, 있잖아,
이상해 보여도 좋은데, 그런데 말이지
무대에서 밴조를 연주할 때면, 나는
장갑을 껴야 하거든. 물론
그래서 연주에 지장이 생기기
시작했지. 제발 믿어줘.
당신을 향한 나의 사랑과는

아무런 상관이 없어 ……
실은 반지를 돌려보냄으로써
당신을 향한 내 사랑은
더욱 깊어질 거야 ……

　　　당신의 의사에게 안부 전해줘
　　　사랑해,
　　　토비 셀러리

(마녀처럼 무의미한)

여기 빛 속으로 들어오시오 아브라함 …… 당신 주인 얘기 좀
해봅시다 & 당신은 그저 시키는 대로 할 뿐이라고 말하지 마오! 내
가 당신 수화에는 눈이 어두울지 몰라도 싸우자는 게 아니오. 나
는 지식을 추구한다오. 내게 정보를 주면 그 대가로 내 팻츠 도미
노* 레코드판과 남녀 공용 타월과 개인 언론 담당 비서를 드리겠소
…… 자, 어서 와요. 내 머리는 비었다오. 적의는 조금도 없으니까.
내 두 눈은 두 대의 중고차 주차장이라오. 납골단지 세제를 한 컵
드리지요─우리는 서로 배울 게 있을 거요/ 내 어린 자식을 건드
리지만 마오**

---

* 앤트완 '팻츠' 도미노Antoine "Fats" Domino, Jr.(1928~). 미국의 블루스 피아
노 연주자, 작사작곡가.
** 아브라함이 늙은 나이에 얻은 아들 이삭을 야훼의 명령대로 제물로 바치려 했다
는 구약성서의 일화를 소재로 하고 있다. 창세기 22장 참조.

간밤에 너무 마셨어. 너무 많이
취했던 것 같아. 아침에 일어나서는
자유를 생각했어 & 머리는
말린 자두 속 같고……오늘
경찰의 만행에 대한 강연을 할 생각이야.
올 수 있으면 와.
오면 보자. 오면 온다고
편지 보내

    너의 친구,

    날라리 호머

플레인 비 플랫* 조의 발라드

두 발이 페티코트에 걸렸다 & 톰 딕 & 해리가 차를 타고 지나갔
다 & 모두 괴성을 질렀다 …… 그녀는 입술이 아주 작았다 & 그녀
는 참호성 구강염을 앓고 있었다 & 내가 저지른 짓을 목격하고 나
는 체면을 잃지 않으려 방어한다/ 시간은 어느 미친 속물 치어리
더에 의해 관리되는데 & 그녀는 혀를 내밀고, 보라색 비니를 떨어
뜨리면서, 버스 속에 섞이고, 피로 얼룩진 십자가를 어루만진다 &
화약의 뒷골목에서 지갑을 도둑맞기를 기도하면서! 그녀의 이름
은 델리아, 그녀는 사슬과 왕국의 구역을 부러워하는데, 그곳에서
는 카키색 온도계 젊은이가, 팁이나 뜯어먹는 프론트맨이 분명한
그가 으르렁거리듯 말하지 "그녀가 너를 물에 빠뜨려 죽일 거야!

---

* Plain Be Flat. '편평한 평야'를 연상시키는 표현이지만 음악에서의 'B♭'도 떠올
리게 한다.

네 눈을 찢어놓을 거야! 네 입만 생각하게 할 거야! 그 입이 터지는
걸 보고야 말 거라고! 예순다섯밖에 안 됐지만 그녀는 죽는 걸 아
무렇지 않게 생각해!" 음식 쪼가리를 주우려 허리를 굽히면서, 간
질 발작과 싸우면서 & 전형적인 신시내티의 날씨에 젖지 않으려
애쓰면서 …… 클로데트, 잠 귀신의 제자, 사업에 뛰어든 지 오 년
만에 부상을 당했지 & 겨우 열다섯의 나이에 & 가서 그녀에게 물
어보라, 유부남 & 주지사 & 슈라이너 총회*를 어떻게 생각하는지,
가서 그녀 & 델리아에게 물어보라, 간호사복을 입고 다닐 때는 데
브라로 불리는 그녀에게, 그녀는 지하실에 순수한 빛을 비춘다 &
그녀에게는 원칙이 있다/ 그녀에게 종이를 한 장 내달라는 부탁을
하면 & 제라늄 시를 줄 것이다 …… 시카고라고? 돼지 도살꾼 같
으니라고! 이런 정육업자야! 알 게 뭐람! 무슨 상관이야? 클리블랜
드 같기도 해! 신시내티 같기도 하고! 나는 사랑하는 사람에게 체
리를 주었어. 픽도 그랬겠지. 맛이 어땠는지 그녀가 말하든? 뭐라
고? 그녀에게 치킨도 주었다고? 이런 바보! 그래서 네가 혁명을
하려는 거구나

좀 보라고. 너희 아버지가 뭐라고 하든
내 알 바 아냐. j. 에드거 후버는 그리
좋은 사람이 아냐. 그는 백악관 내
모든 사람들에 대한 정보를 갖고 있는 게 틀림없어

---

* 프리메이슨에서 파생한 우애 결사 단체.

대중이 그 사실을 아는 날에는
그들을 전부 파멸시킬지도 몰라/
그가 알고 있는 게 하나라도 밖으로 새어나가면,
그게 말이 되냐고, 아마 온 국민이
직장을 때려치우고 폭동을 일으킬 거야.
그래도 후버는 해고되지 않을 거야. 명예롭게
사임하겠지. 두고봐 …… 네가 직접
이 모든 공산당 사건에 대해 알아보지그래?
알다시피, 자동차 도둑들이 얼마나 오래
온 국민을 위협할 수 있겠어? 이제 가봐야 해.
소방차가 쫓아오고 있어. 내가 졸업하면 보자.
네가 없으니 미치겠어.
영화를 많이 못 보고 있어

        불구가 된 너의 애인,
        벤저민 터틀

음속 장벽 깨기

　네온 도브로 기타의 F자형 구멍에서 울리는 소리 & 윗동네 무법자 침대 매트리스에 관한 실망스러운 노랫말로 마음이 고무되는 느낌 원정 트로피들을 만지작거리며, 불현듯 엄습하는 불쾌한 자각, 고자질하는 가슴 & 바닥 없는 녹물 웅덩이로 자궁을 위협하는 늑대 같은 불가피한 은빛 보슬비와 가장 가까운 친척인 벌거벗은 그늘과 함께 잠자리에 든 떠돌이의 머리에 가방을 받친다 & 생일 안개의 꿈과 함께 얼어버린다/ 서글프게도 촛불 하나 없이 침대 박스 스프링에 앉아 & 더러워진 안내서에 의존할 때 과히 중요한 사람이라는 기분이 들지 않는다/ 성공, 그녀의 콧구멍이 훌쩍인다. 노인이 들려주는 동화와 시해된 왕들에 관한 이야기들 & 그들은 격렬한 거동으로 숨을 들이쉬고 반들반들한 진흙에다 그것을 뱉어낸다 …… 추가로 끔찍하고 처량한 물기 범벅의 우스꽝스러운 가두행렬로 미래의 반역을 돕는 & 자기들 왕년의 영향력에 대

한 끔찍한 이야기를 꽃에 토한다/ 그 목소리들이 고통 & 종소리와
결합하여 그들이 지어내는 천 개의 소네트를 지금 녹이기를 ……
그러는 동안 좀약 같은 하얗고 상냥한 여인은 멀리 방열기 옆에서
웅크리고 망원경을 들여다본다/ 너는 추위로 병에 걸려 앉아 있겠
지 & 마법에 걸리지 않은 벽장 속에 …… 오직 검은 피부인 자매
이카 친구의 위로만을 받으며―너는 전구에 입을 그리겠지, 전구
가 좀더 자유로이 웃을 수 있게

어디로 가는지 잊어버려
너는 세 옥타브의
멋있는 헥사그램을 향하고 있으니까.
곧 알게 될 거야. 걱정 마. 너는
숲 속의 꽃이나 따고 있지 않을 테니 ……
다시 말하지만, 너는 세 옥타브의
거대한 텐타그램을 향하고 있어

너의 귀여운 다람쥐,
밀짚이* 페티

* '밀짚이Wheatstraw'는 별명이다.

40

뚝 떨어진 기온

앞머리를 내린 독특한 장의사 제인 & 저지 출신으로 언제나 점심을 싸 오는 히스테리 성격의 소유자인 보디가드 쿠/ 그들이 끼익하는 소리와 함께 길모퉁이를 돌아온다 & 낡은 뷰익을 가로등 기둥에 묶는다/ 이어서 세 명의 총각이 물고기를 보도에 뿌리며 나타난다/ 그들이 지저분한 모양을 본다. 첫번째 총각 콘스턴틴이 두번째 총각 루서에게 윙크하자 그는 곧바로 신발을 벗어 목에 건다. 세번째 총각 조지 커스터 4세는 황새를 씹는 일에 싫증을 내고 하모니카를 꺼내 첫번째 총각 콘스턴틴에게 준다. 그러자 그는 포크 모양으로 그것을 뒤틀더니 보디가드의 권총집에 손을 뻗어 낫을 뽑는다, & 그 자리에 뒤틀린 하모니카를 넣는다 …… 루서가 휘파람으로 〈호밀밭을 지나는데〉를 부르기 시작하자 조지 4세는 낄낄 웃는다 …… 세 사람 모두 계속 큰길을 따라 내려가다 실업자 지원 센터에 남은 물고기를 전부 버린다. 물론 송어 몇 마리는 남겼다가

분실물 보관소의 여직원에 준다/ 오후 3시에 사고가 접수된다. 영
하 10도다.

당신이 변했다고 당신에게 직접
말하는 사람이 있나요? 그러면
기분 나쁘세요? 친구를 찾고 계세요?
통통한 타입이에요?
키는 4피트 5인치? 건강이 좋고
전형적인 알코올중독
천주교인이라면, 전화 주세요
UH2-6969

    움파를 찾으세요

플랫피크*의 전주곡

엄마/ 우울하고 기분 변화가 심한 엄마의 존재를 지우려는 건
아니지만. 엄마, 그 슬픈 목자를 어깨에 짊어진 엄마. 손가락에는
이십 센트짜리 다이아몬드 반지. 난 더이상 내 영혼을 가지고 팅
커토이**처럼 장난치지 않아요/ 내 눈은 이제 낙타의 눈 같고 갈고
리 옷걸이에 걸린 채 잠자죠 …… 엄마의 시련을 미화하는 건 무
엇보다 쉽지만 엄마는 여왕이 아니에요―여왕은 음악이에요/ 엄
마는 공주고 …… & 나는 줄곧 엄마에게 꿀이 흐르는 땅이었어요.
엄마는 내 손님이고요 & 엄마를 괴롭히지 않겠어요

---

* '플랫피크flat pick'는 기타를 치는 도구. 일반적으로 '피크'라고 불린다.
** 조립식 장난감 상표명.

"질문 있나?"
선생이 묻는다. 앞줄에 앉은
금발머리 어린 소년이
손을 들고 묻는다
"멕시코까지 얼마나 멀어요?"

삼촌이라는 가련한 시각적 뮤즈 & 초원에서 큰 바람과 & 나무 토막을 가져오는 삼촌 & "여기. 자네한테 줄 기근이 있네"라고 말하는 농부를 만나면 "에구머니"라고 가볍게 속삭이듯 말하고 더러운 그에게 응분의 일을 맡기는 그런 삼촌/ 상공회의소는 가련한 뮤즈에게 미네소타 뚱뚱이*가 캔자스 출신이며 그리 뚱뚱하지 않으며, 그렇다는 나쁜 소문만 났을 뿐임을 알리려 애쓰고 있지만, 그것은 그들이 초원 전역에 슈퍼마켓을 세우려고 그러는 것이다 & 그것으로 농부들 문제는 처리되겠지

"특이한 직업을 갖고 싶은
사람 있나?" 선생이
묻는다. 술 취해 학교에 오는,
반에서 가장 똑똑한 아이가

---

* 'minnesota fats'. 미국의 프로 당구 플레이어 루돌프 원더론Rudolph Wonderone
의 별명이다.

손을 들고 말한다
"네, 선생님. 저는 달러가
되고 싶습니다."

다다* 기상 캐스터가 도서관에서 내부의 깡패들에게 얻어맞고
나온다/ 우체통을 열고, 기어올라가 잠을 잔다/ 깡패들이 나온다/
그들은 자기들 가운데 종교 광신도들이 잠입해 있다는 것을 모른
다 …… 그들은 모두 호갱을 찾아 돌아다니지 …… & 담요를 두
르고 파일럿 모자를 쓴, 실직한 영화관 안내원을 찾은 것에 만족한
다/ 7월 4일이 되기 일 초 전 & 그는 저항하지 않는다/ 다다 기상
통보관은 모나코로 우송된다. 그레이스 켈리**는 아이를 또하나 낳
았다 & 깡패들이 모두 술 취한 사업가로 변한다

"제3대 미국 대통령의
이름이 뭔지 아는 사람?"
등이 잉크투성이인
여자애가 손을 들고 말한다

---

* 모든 사회적, 예술적 전통을 부정하고 반이성, 반도덕, 반예술을 표방한 예술운동
혹은 그것을 추종하는 사람.
** Grace Kelly(1929~1982). 미국의 배우. 모나코의 왕자와 결혼해 자녀를 셋 두
었다.

"어니스트 터브*요"

파란색 알약을 더 먹어요 아버지 & 그 작고 이상한 알약들도 집어삼켜요/ 꿈속에 보이는 감상적인 백조들, 의식儀式들 & 병아리들─그들에게 허락이 떨어졌어요 미친 수색영장이 주어졌어요, 네 & 이보세요, 그 유명한 바이킹, 소피아**의 담배 필터에서 시한폭탄을 잡아채고 잭 다니엘스***를 들이켜고 제임스 캐그니****를 만나러 가요 …… 당신의 친구는 활달하고 멋진 아르마딜로, 당신의 뒤에 있는 충실한 관객 & 모나리자 …… 젠장, 엄마, 그 숭배자들이 그를 굽고 있어요 & 그의 고통을 덜어줄 수 있으면 좋겠는데 & 혈관에 평화를 흐르게 해서 그를 명예롭게 해주면 좋겠는데. 그를 안정시켰으면 좋겠는데. 빌어먹을 & 그의 꿈속의 끔찍한 하마를 죽였으면 좋겠는데 …… 하지만 나는 순교자의 이름을 얻을 수 없어요 갑작스럽게 닥쳐오는 지하 감옥에서는 잠을 이루지 못해요 & 나는 충치를 앓고 있어요 …… 우스꽝스럽게도, 내 성대를 독점한 죽은 천사는 어미 양들을 모선母船처럼 앞으로 모아 집으로 불러들여 부음 기사에 실어요. 그녀는 적대적이죠. 그녀는 나이가 아주 많아요 …… 어릿사─황금처럼 빛나고 상냥한 그녀/ 있는 그

---

* Ernest Tubb(1914~1984). 컨트리뮤직의 선구자로 평가되는 미국 가수.
** Sophia Loren(1934~). 이탈리아의 배우.
*** 위스키의 일종.
**** James Cagney(1899~1986). 미국의 배우이자 가수. '아르마딜로'는 배우 클린트 이스트우드Clint Eastwood(1930~)를 지칭하는 듯하다.

대로의 그녀는 꿰뚫어보는 듯한 무엇―그녀는 포도나무 같아요/
당신의 행운의 혀는 나를 썩히지 않으리

"너희 중 자기 아버지가
집에 없는 정확한 시간을
말할 수 있는 사람?"
선생이 묻는다. 모두
갑자기 연필을 놓고
교실을 뛰쳐나간다―
물론 단 한 명, 마지막 줄에 앉은
안경 쓴 소년을 빼고는 & 그 아이는
사과를 가지고 있다

즙이 많은 장미꽃들이 기침하는 손으로 모인다 & 기타로 국가
를 연주한다! 만세! 축구장이 비둘기들로 번쩍인다 & 히치하이커
들이 골목길을 배회하며 수녀와 부랑자들 소리가 울리는 그들의
주머니에 불을 지르고 깡마른 시리아인, 반쪽 이성의 파도, 한창때
를 울며 보내고 저희들 쌍둥이들 때문에 견디지 못하는 젊은 남
녀 & 창백한 마이클을 교회 부지에서 폐기하는데 …… 사막에 떠
있는 빈 배들 & 빗자루를 타고 다니는 교통경찰관들 & 그들은 눈
물 흘리며 엉뚱한 대형 망치를 붙들고 있다 & 트롬본들은 모두 분
해되고 실로폰은 갈라지고 플루트 주자들은 친구들을 잃고 있다

…… 밴드 전체가 신음하며 박자와 심장 박동을 허비하고 있으니
누가 친구인지 알면 유익하지만 친구는 아무도 없다는 것을 아는
것도 유익하다 …… 그러니까, 친구가 가지지 않은 것이 무엇인지
알면 유익하다―대가를 지불하고 얻는 것에는 더 큰 호의가 따라
온다

너 꽝이야 샘. 네 대답도
꽝. 히틀러는 역사를 바꾸지 않았어.
히틀러 **본인**이 역사였다/ 물론
사람들에게 훌륭하게 살라고 가르칠 수야 있지만
세상에는 그들을 호갱이 되도록 가르치는 너보다
더 큰 세력이 있다는 것을 모르나 본데―그래 그건
문제 세력이라고 하지/ 그게 모든 사람에게
문제를 할당해/ 네 문제는 세상을
좋게 말하고 싶어하는 것이지 ……
많은 사람을 죽이고도 아무도 모르길
바랄 수는 없어. 역사는 살아 있어/
숨을 쉬지/ 이제 그 허풍 좀 집어치워/
가서 네가 가진 돈이나 세. 난 가야겠어.
누군가 내 말괄량이 길들이러 오네.
너 폐 절제 수술이 잘 됐기를 바란다.
네 여동생한테 안부 전해주고

사랑한다,

너의 우호적인

해적, 약골 씀

거룻배의 마리아

볕에 데인 대지에서 겨울이 눈 덮인 머리를 침대의 서쪽에 두고 잠들어 있다/ 마돈나. 사원의 마리아. 제인 러셀.* 창녀 안젤리나. 이 모든 여자들, 그들의 눈물은 바다를 이룰 것이다/ 냉장고를 포장했던 버려진 상자 속에서 어린아이들이 재의 수요일**에 전쟁을 할 & 천재가 될 준비를 하고 있다 …… 한편 폐물이 된 지친 집시 & 기지개를 켜며 트림을 피리 불 듯 하고 & 고양이의 뒤를 쫓고 & 쥐 만한 바퀴벌레를 견디는 그녀는 자신의 관능적인 분야에 모습을 나타내지도 그것을 우습게 보지도 않는다

* Jane Russell(1921~2011). 미국의 영화배우.
** 가톨릭 등에서 지키는 절기의 하나로, 부활절 준비 기간인 사순절이 시작되는 첫날.

송곳니에게, 요즘 어떻게 지내?
오랜만이야. 그거 알아? 나는
골드워터를 찍으려 했어
왜냐면 그는 약자니까, 그런데
이 젠킨스 건을 알게 됐지,
& 별거 아니겠지만, 골드워터에게
유리한 점은 그거 하나였거든
그래서 존슨을 찍기로 마음을
고쳐 먹었지.* 내가 보내준 옷
받았어? 그 셔츠는 새미 스니드가
입던 거야 그러니까
곱게 입어

　　　　언제 보자
　　　　마우스가

---

* 1964년 미국의 36대 대통령 선거를 가리킨다. 민주당 린든 존슨 행정부의 도덕적
해이를 비판하는 것을 무기로 삼았던 공화당 후보 배리 골드워터가 존슨의 참모인
월터 젠킨스의 동성애 스캔들이 터지자 그를 과거에 알고 있었으면서도 모르는 사
람이라고 부인했던 사실을 가리키는 듯하다.

무비 스타의 입속 모래

우리가 그냥 그 사람이라고 부를 낯선 사람이 잠을 깨 보니 정원에 "뭐"라는 낙서가 있다. 그는 스크램블 에그로 목구멍을 씻어내리고, 바지 호주머니에 안경을 넣고, 바지를 입는다. 인구조사원이 문을 두드리고 있다 & 그에게 내려진 지시가 우편함에 못으로 박혀 있는데 거기에 쓰레기 같은 월요일의 루트가 다음과 같이 적혀 있다: 청량 자유. 줄루족 격언집. 천박한 프랑스어로 번역된 〈시민케인〉. 오렌지색 t.v. 스튜디오. 솔티 도그*을 가장 빨리 부를 수 있는 컨트리 뮤직 가수의 사인이 담긴 성경책 세 권. 1941년 〈데일리 워커〉 신문** 뒷면. 솔티 도그 칵테일 한 잔. 아무나 좋으니 어느

---

*Salty Dog. 래그타임 블루스 곡으로 1920~30년대에 미국 남부 지방에서 연주되기 시작했다. 진이나 보드카에 그레이프프루트 주스를 섞은 칵테일 이름이기도 하다.

**〈Daily Worker〉. 미국의 공산당 신문. 1921년 뉴욕에서 주간지로 창간되어

지방법원 판사의 어느 딸. 콜라와 설탕을 섭씨 150도로 끓여 한 스푼. 잭 런던의 왼쪽 귀. 죽음의 여권 일곱 개. 옥수수. 목침 다섯 개. 찰리 챈*을 닮은 보이스카우트 한 명 & 훔친 줄타기 곡예사 한 명/ "뭐"가 우리집 정원에 있어, 그가 소방수 친구인 월리에게 전화를 걸어 말한다/ 월리가 대답한다, "몰라. 잘 모르겠어. 내가 거기 없잖아." 그러자 그가 말한다, "무슨 말이야, 모르다니! 우리집 정원에 무엇이 씌어 있는지 모르다니", 월리가 말한다 "뭐야?" 그러자 그가 말한다, "그래 그거야" …… 월리가 기둥을 잡고 내려오는 길이라고 대답하고 도리스 데이 & 타잔이 서로 관계가 있는 것을 아느냐고 묻는다. 그러자 그가 말한다, "아니, 하지만 제임스 볼드윈 책 & 헤밍웨이 책은 좀 있지"라고 하자 월리는 "그걸론 충분하지 않아"라고 하고 다시 묻는다 "새우 & 성조기는? 이 둘 사이에 어떤 관계가 있는 것 같아?" 그러자 그가 말한다, "아니, 하지만 난 베리만 영화를 봐 & 스트라빈스키를 아주 좋아하고" 이에 월리가 다시 시도해본다 "권리장전이 깃털과 무슨 상관이 있는지 백만 마디 말로 설명해줄 수 있겠나?" 그는 잠시 생각하더니 이렇게 말한다, "아니 못해, 그렇지만 나는 헨리 밀러의 열혈 팬일세" 그러자 월리가 전화를 탁 끊는다 & 그냥 그 사람이라는 그는 침대로 돌아가 독일어판 『오렌지의 의미』를 읽기 시작한다 …… 그러나 해질 무렵이 되자

1924년부터 일간지로 발행되다가 1958년에 폐간되었다. 우디 거스리도 이 신문의 기고가였다.

* 미국 소설가 얼 데어 비거스Earl Derr Biggers(1884~1933)의 소설 속 중국인 탐정. 하와이를 배경으로 한 그의 소설은 텔레비전 드라마로 만들어지기도 했고 만화로도 각색되어 인기를 끌었다.

심심해진다. 그는 책을 덮고 일어나 토머스 에디슨 사진을 들여다보며 면도를 한다/ 우유 한 잔을 마시고 외출해서 즐거운 시간을 보내기로 하고 문을 연다 & 그러자 문 앞에 그 인구조사원이 서 있는 게 아닌가, 그는 "나는 여기 사는 사람의 친구일 뿐이오"라고 말하고는 도로 들어가 뒷문으로 나간다 & 길을 따라 내려가 큰 사슴 머리 박제가 걸려 있는 바에 간다 …… 바텐더가 그에게 브랜디를 더블로 주고는 그의 사타구니를 후려갈긴다 & 공중전화박스로 그를 밀어 넣는다―그냥 그 사람의 잘못은 아무것에서도 유사점을 보지 못했다는 것임이 분명하다―그는 손수건으로 사타구니의 피를 닦고 전화가 오기를 기다리기로 한다/ "뭐"는 여전히 그의 집 정원에 그대로 쓰여 있다. 병원들은 통합되었다. 태양은 아직도 누렇다. 어떤 사람들은 그걸 병아리라고 할 것이다 …… 윌리는 기둥을 타고 내려가고 있다, 인구조사원이 전화를 걸려고 들어오고 있다 & 공중전화 박스에는 뒷문이 없다/ 일방통행로를 지나 운전하다 커브를 틀어 13일의 금요일로 들어서는 쓰레기 같은 월요일 …… 아, 황무지! 암흑! & 그냥 그 사람

다섯 시간 동안 물을 한 모금도
못 마시고 갔어. 사막이라도
문제없을 거 같아. 같이 갈래?
개를 데려가야지. 녀석은 항상
나를 웃겨. 일곱시에 데리러
갈게

너의 충실한

돼지

미친 사람 구역을 줄로 차단하기

불경스러운 슬랩스틱 코미디의 신출내기 매기 & 그녀의 반짝이는 일곱 외투 단원 & 젖 짜는 여자와 싸우는 그녀 & 날카롭게 삐걱거리는 헛간 문이 탕 닫힌다—어허! & 금속구 달린 족쇄를 찬 의로운 95-50 홀쭉한 체격 & 변호사의 비둘기에 목줄을 걸고 로큰롤 리드 기타 주자는 어머니가 좋아하는 제비꽃*과 자기가 좋아하는 곡을 법정 집행관의 작업대 한가운데서 연주한다 & 신출내기 매기는 사람을 핫로드hotrod** 드라이버의 눈 속으로 밀친다 & 그는 혀짤배기소리로 말한다 & 언어 교정을 받을 돈이 없다 & 매기는 신출내기가 아니다 & 웃기지 않다 & 인생은 견디기 힘들지만 연설자는 기자가 아니다 & 기자실에 드나들며 직장 동료들 & 베니

* 1951년에 나온 다이나 쇼어Dinah Shore 의 노래 〈제비꽃 당신Sweet Violets〉으로 보인다.
** 마력과 속도를 높이기 위해 개조한 자동차.

스의 상인들에게 돈을 쓰지 & 다른 사람들의 상황에 왜 신경을 쓰
는가? 결국 고통을 받을 텐데/ 그것참 믿을 수가 없다! 세상은 정
의에 미쳤다

와그너 시장님께. 제임스 아니스*
닮았다는 말 들어보신 적 있습니까?
시장님이 제 아들의 우상이라
이렇게 편지를 드립니다.
시장님의 일정과 연주 목록을
사인한 사진과 함께
편하신 때 제 아들에게
보내 주시겠습니까. 제 아들이
정말 감사하게 생각할 겁니다
이 녀석은 시장님의 레코드판만 듣고
친구들에게 시장님을 변호하거든요.
일개 비서가 아닌 시장님께서 친히
이것을 받아 읽으시기를 빕니다.

감사합니다
희망을 품고

* James Arness(1923~2011). 미국 배우. 텔레비전 드라마 〈건스모크Gunsmoke〉
의 주인공으로 유명하다.

월리 퍼플 올림

출판되지 않은 마리아를 찾아가다

너 캔디맛 나 네 뼈가 떤다 야호 & 난 무지 배고파서 여기 있는 거야 & 네 장난을 뱃속에 집어넣으면서 너는 마법 같아 느끼한 모텔 주인처럼 & 난 네 아버지에 굶주린 게 아니야! 하지만 그가 가지고 놀 상자를 하나 가져다줄게. 아무도 안 잡아먹어! 자신에게 솔직해봐! 난 하늘에서 뚝 떨어지지 않았어/ 난 다이너마이트를 가지고 다니지 않아 …… 너는 나는 당신의 애인 안 할 거예요라고 말하지 & 난 순례자가 아니야 당신의 시골뜨기도 아니고 & 너한텐 **내가** 그런 걸로 우는 게 안 보이지 난 슬퍼할 수도 멋질 수도 & 우하하 너의 이상한 형식이 될 수도 없어 네 옹고집은 정말 놀랍다/ 난—오 명예롭게—내가 차양은 아니지만 네 백작부인의 창문 앞에 서서 두드릴 거야 나는 기타리스트일 뿐 난 마시고 먹기만 해. 내 건 모두 네 거야

정말이야, 한 번만 더
내 앞에서 자살하겠다고 위협하면
주먹을 휘둘러 머리를 날려버릴 거야
알겠지! 내 말 들려?
너 때문에 우울해지는 게 이젠 진저리가 나
차라리 널 꽁꽁 묶어 중공으로 선적해버릴까봐
한 가지 더! 어머니한테
잘하는 게 좋을 거야. 만일 어머니한테
신세한탄을 한다는 소리가 들리면, 내가
달려와 단단히 요절날 줄 알아 ……
자꾸만 친구를 만들려고 하지 말고
춤이나 배우지 그래? 모든 친구란 것들은
이미 다른 사람들이 다 채간 거 몰라?

          언제나 너의,
          헥터 슈멕터

사슬 고리 40개 (詩)

애빌린*에서 온 여우 눈—그레이하운드 경주장에서 알던
쓰레기 시인 & 그는 약한 턱을 가진 할아버지의 가망이 없는
냉담과 허풍을 동정하네 & 티들리윙크스** 놀이를 하고
개수통에 침을 뱉고 그의
요리사, 엄마의 책에는
구토 & 오물 & 그가 돌아와
빈둥거린다
언청이 입을 늘어뜨리고 …… 그는 돈이 필요하다
시를 쓰면서, 누가
봐도 뻔한 상황 …… 말 안 해도 다 아는

---

* 캔자스 주의 도시로 보인다.
** tiddlywinks. 작은 동전만 한 원반을 다른 원반으로 튕겨 컵 속에 넣는 놀이.

얘기잖은가/ 그의 코를 조심해! ─그가 내야 할 돈을
대신 내주면 그가 어딜 가는지 알 수 있다 ─여우 눈, 그는
우울에 절어 산다─ 젖은 신문을 가진 계집애 타이니,
정비공들에게 프렌치프라이를 가져다주던 그녀,
그들은 한때 오른팔이 귀먹고 벙어리가 되었지
(어떤 사람들한테는 그런 일이 생길 수 있다)
그녀가 여우 눈이 오는 것을 본다,
그가 일단 정지 표지판에 섰다 힘들게 걷는다 & 게다가
그는 술취가 있다 & 그녀가 말한다 "오 멋진 여우 눈 씨. 나를
쓰레기로 인도해줘요" & 그가 그녀의
백합꽃하얀목화따는
손을 잡자 그녀가 말한다 "좋아요 내가 금발 원숭이가 되리다
예이!"
 & 그가 말한다 "나를 따르기만 해요 귀여운 새끼 농어 같은 이
여! 나를
따르기만 해요 & 기분이 좋을 거요!" & 그녀가 말한다 "이랴 &
히 호 실버!"*
아일랜드인 같은 기분이야!" & 두 사람은 떠난다 & 버스 시간표
를 알아본다 &
계속 "서두르지 말아요, 덩치 큰 양반! 서두르지 말아요!" 한편
길 건너편에서는 셜리 템플**처럼 생긴 우체부가 막대 사탕을 입

* 〈론 레인저〉에서 주인공이 실버라는 이름의 말에게 내리는 호령.
** Shirley Temple Black(1928~2014). 한때 미국 최고의 아역배우이자 가수였다.

에 물고

멈추어 서서 구름을 쳐다본다 & 바로 그때 하늘이 화가 좀 났는지

힘을 좀 과시하기로 하고 휭휭 바람을 불어

튤립 한 송이를 떨어뜨려 죽인다―우체부는 주차요금징수기에게

말하기 시작한다 & 여우 눈, 그가 말한다, "애빌린은 이렇지 않았는데" &

허리케인이다 & 볼티모어행 버스가 혼란 속에 그들을

남기고 출발한다―계집애, 그녀는 털썩 무릎 꿇고 주저앉아

"난 더러운 여자입니다"라고 말하자 여우 눈이 말한다,

"플로리다로 돌아가오 여기 석쇠 같은 도시에 당신이

할 수 있는 건 아무것도 없으니까" & 젊은 여자는 물구나무서기를 한고 말한다,

"나는 캐나다인이야!" & 그가 말한다 "여길 떠나 & 플로리다로!"

& 그녀가 여우 눈을 향해 구원 & 정신병원, 컬러링 북 공장의 파업 &

크리스마스에 관한 시를 읊기 시작하는데 그때

사람들이 그를 셔츠로 쌌다 & 그가 말한다 **"와! 여길**

떠나! 내가 당신 돈을 훔쳤어 애해 예수가 석쇠에 불황을 구어줄 거야!

& 그녀는 신음하고 신음하다 말한다 "오 내가 얼마나 인생을 사랑하는데 &

사랑을 사랑하고 사는 걸 사랑하는데" & 그가 말한다 "멋져! 통곡해! 통곡!" &

그녀가 말한다 "모르겠어?" & 그녀는 바로 그곳 길 한복판에서

　한바탕 굉장한 소동을 부리기 시작한다 …… 타이니―나는 나

중에

　어떤 별난 파티에서 타이니를 만났다―그는 벽시계 아래 앉아

있었다 &

　내가 "우산이 있어야겠어요"라고 하자 그녀는 "아, 망할! 또 이

런!"

　& 그녀는 이제 새 애인이 있다 & 그는 기관총 켈리*처럼 생겼다

……

　여우 눈―그는 가지고 있던 돈을 몽땅 용광로에 잃었다―마지

막으로

　그의 소식을 들은 건 그가 급행 화물열차의 양상추 더미 속에

몸을 싣고 살리너스**를 떠나더란 것이었다 &

　그는 아직도 실직수당을 타려고 애쓰고 있었다 …… 나? 나는

작은 묘석 모형을 좀 사려고

　특별히 시내로 짧은 여행을 다녀왔다―하지만 비는 오지 않았

다 &

　볼티모어로 가는 버스가 없었다/ 턱이 부서진 주차요금징수기,

　물에 잠긴 펜 & 올가미를 쓴 오래된 셜리 템플 사진이 내가 발

견한 전부였다

---

　* Machine Gun Kelly(1895~1954). 1920~30년대 미국 갱스터. 경기관총을 주
로 사용해 이런 별명이 붙었다.
　** Arthur Murray(1895~1991). 미국의 유명한 댄스 교사이자 사업가.

이봐. 네가 상선 선원이든 뭐든
내가 알 바 아냐. 한 번만 더
내가 똑바로 걷지 않는다고
말하면, 누구 파도 타는 사람을 시켜
네 뺨을 때리겠어. 너는 이 모든 것에
피해망상이 너무 심한 거 같아 ……
결혼식에서 보자

    발을 구르는 기분인

    게으른 헨리

사랑으로 목이 메어

크로 제인, 결혼식에서 짐승의 보금자리로 간 그녀, 거기는 야
만인인 그리스인 피터 & 프렌치 대사, 코니아일랜드에서 온 몸 파
는 존과 함께 원시 숭배를 행하는 곳, 존은 점잖은 체하고 핑크 벨
벳 춤을 춘다―모두 과장된 동작이다 & 묘하게도 아서 머레이*와
닮은 아르메니아인 곱사등이에 속해 마땅한 존은 아주 기분이 언
짢다& 매독에 걸린다 & 크로 제인, 그녀는 지켜보다 냉담한 우울
증에 걸리지만 투사처럼 말한다 & 그녀는 허튼소리를 하지 않는
다 "어떻게 할 거야? 내 말은, 좋은 남자들이 보란 듯이 파티를 해
야 할 때란 소리는 말고." 땅거미 속에서 누군가 푸념하고 누군가
목청이 째지듯 폭소를 터뜨린다 & 바보의 공포가 꼬리처럼 민첩하
게 움직인다 & 그게 늑골에 맞는다 & 남쪽 벽이 흔들리는 곳의 밤

---

* Arthur Murray(1895~1991). 미국의 유명한 댄스 교사이자 사업가.

뮤직 & 충돌하는 유방들이 매리언 아가씨*의 도적들 같은 자들에게 무게를 가한다 & 다시 말하겠다: 두 얼굴 미니, 군대의 낙오자/ 크리스틴, 너의 이마에 홀딱 반한 여자/ 벽장 속의 메이 웨스트**처럼 생긴 스티브 캐니언 존스/ 어딘가 이상한 허먼 x, 벽장처럼 생긴 남자/ 다갈색 제이크, 이마처럼 생겼다 …… 디노, 발을 저는 바텐더, 그는 평범하게 생긴 인간 산 시나트라***와 성이 없는 포식하는 조지****의 중간이다 …… 이 모든 사람들 & 그들의 대리인들 & "크로 제인, 당신은 어떻게 그리도 똑똑하지?" & 그녀는 "어째 그렇게 흑인처럼 말하고 싶을까? & 나를 크로 제인이라고 부르지 마!"라고 되받아 퉁긴다 & 섹시 매력의 화신이 밀치락달치락 굉장하다—무지무지 굉장하다—"& 내가 지금 이런 걸 읊어볼까 하는데 4월이든가 그건 잔인한 계절 & **이제** 그 파란 눈의 소년은 마음에 드는가***** 미스터 옥터퍼스?" 4성 대령들이 들어오자 모두 술에 취해 양키 노래를 부른다 & 웨스턴유니언 전보회사의 어떤

---

* Maid Marian. 『로빈 후드의 모험』에서 주인공 로빈 후드가 사랑하는 여자다. 강인한 여성상의 원형이기도 하다.

** Mae West(1894~1980). 미국의 여배우, 가수, 작가. 노골적인 성적 표현을 서슴지 않았던 것으로도 유명하다. 페미니스트이면서 동성애자의 인권운동을 처음 시작했던 배우이기도 하다.

*** Frank Sinatra(1915~1998). 20세기의 가장 중요한 가수 중 한 사람이다. 밥 딜런은 그를 "올라야 할 산"으로 일컬은 바 있다.

**** 프로레슬러 고져스 조지Gorgeous George(1915~63)를 가리키는 것으로 보인다. 딜런은 자서전에서 그를 'George'와 'Gorgeous' 두 단어가 합쳐진 별명 'Georgeous'로 부른다.

***** "4월……"은 T. S. 엘리엇의 「황무지」이고 "그 파란 눈의 소년은 마음에 들어"는 E. E. 커밍스의 「버펄로 빌스」를 흑인 식으로 말한 것이다.

소년이 외바퀴자전거를 타고 "비밀 만만세!"를 외치며 지나가지만 이제 시작일 뿐이다—저 아이가 실성했어 & 편자 던지기의 명수인데—아무도 관심 없지만 & 저 아이는 재미있는 일을 찾고 있는 거야 & 역시 아무도 관심 없다 & 소년이 "도와줘요!"를 외친다 & 두 얼굴 미니가 비명을 지르며 그에게 은총을 내리기 위해 샹들리에를 붙잡고 휙 날아간다 "자기가 무엇이든 다 안다고 생각할 정도로 어리석지 않다는 것을 사람들한테 알게 할 수는 없어! 존 헨리*도 그러지 못했지" 크로 제인 징글 걸 & 그녀는 유령이며 입은 오븐과 같다 & 그녀는 이슬람 케이크 위에서 춤춘다 & "네가 알고 있는 것을 이미 알고 있는 사람들에게 말하지 마. 그러면 그들은 네가 자기들과 같다고 생각할 거야 & 그렇지 않잖아!" …… 하지만 권덜린**의 경우를, 다른 이야기들을 생각해볼 수 있다, 그녀는 아라비아의 로렌스와 말을 달리고 위험한 짓을 했지—형편없는 세상 & "아, 이 비애"를 중얼거리면서 …… 발정난 이방인들의 관심을 받지만 모든 멋진 사람들은 변함없이 로버트 프로스트의 책에 코를 가까이 가져간다 "왜 일부러 미치는 거니?"라고 웨스턴유니언 소년 위에 올라타고 있는 두 얼굴 미니가 말한다 & 구석의 스티브 캐니언 존스는 자리를 뜨며 크게 외친다 "그런 식으로는 전보를

---

* 전설적인 흑인 존 헨리John Henry를 가리키는 것으로 보인다. 신체의 위력이 대단했던 그는 다이너마이트를 심을 바위에 망치로 구멍을 내는 일을 했는데, '증기력 망치'와 시합을 해서 이겼지만 심장이 당해내지 못하고 망치를 손에 쥔 채 죽었다는 이야기가 전해내려온다. 그에 관한 이야기는 포크송으로 만들어져 불리고 있다. 밥 딜런의 자서전에서는 "쇠를 박는 존 헨리"라고 언급된다.
** 권덜린Gwendeline은 윈스턴 처칠의 조카딸이며 영화 〈아라비아의 로렌스〉의 실존 인물 T. E. 로렌스는 처칠과 잘 아는 사이였다.

68

받지 못할 거야!" …… 크로 제인, 그녀는 철물점을 약탈하는 재주
& 항상 엉뚱한 시간에 어딘가에 있지만 바른 말을 하는 재주가 있
다 "생각을 중심으로 살지 마―생각은 누구에게나 다 있어―생각
이 너를 중심으로 살도록 해 & 노래로 말해 & 돈은 생각을 유혹하
지 & 그것은 노래에 가까이 갈 수 없어 & 가질 수 있는 돈을 모두
가지되 사람을 해치진 말아" 크로 제인, 그녀는 품위가 있다 "& 다
른 무엇보다, 그거 말곤 다 해!" 오 부서진 아크등의 밤, 기름때 낀
소맷부리 & 리듬이 우스꽝스러우며 익숙한 흠집이 나 있는 영화
& 어느 정도 지나면 당신을 괴롭힌다 …… 가난한 횐둥이 소년의
영혼과 얼굴을 마주하는 유리 보도 & 목마가 다니는 길에 서 있는
소화전 같은 나무들 & 엄마를 도와줘! & 이해하지 못하는 것을 이
해하지 못하는 사람들을 도와 …… 무지렁이 백인 소년은 징 달
린 신을 신고 있지만 손에는 아무것도 가진 게 없다/ 피터 & 프렌
치는 여전히 칵테일 탱고를 추고 있다―곱사등이는 실려나가고
있고 …… 행복한 시기는 기수 없는 종마의 걸음걸이에 맞물려
있다/ 맥 빠진 이분음표의 질주로 쓰러지는 로마―우울한 기분으
로 긴다 …… & 출발하는 일광. 크로 제인이 오라고 말하고, 그녀
의 각광을 내건다 …… 내 목구멍에 초록색 총알이 있다/ 나는 그
것들이 누런 열쇠로 변하는 것을 느끼며 햇볕을 밟고 지척지척 걷
는다―나는 제인의 내면을 만진다 & 나는 삼킨다

톰에게
네가 말힌 적 있냐

네 이름은 빌이어야
한다고. 물론 아무래도
상관없지만, 있잖냐, 난
사람들과 있을 때 편하고 싶거든.
마지는 잘 있어? 마사는? 또
걔 이름이 뭐더라?
명심해: 네가 도착했을 때
누가 "윌리" 하고 소리치면 그게
누구냐면 나란 걸 …… 그러니까 어서 와.
차와 파티가 기다릴 거야.
나를 가려내는 건 아주 쉬울 거야, 그러니까
내가 거기 있었는지 몰랐다는 말은 하지 마

고마운 마음으로
트루먼 페이오티

경마

"…… 언제나 시도하고, 언제나 쟁취하고"
―린든 존슨

그렇다 & 그러니까 어쨌든 일곱번째 날, 그는 그의 친구들을 위해 포고, 배트 매스터슨,* & 장미색 다이빙 보드를 창조했다/ 이미 툭 생겨난 하늘이 텐트의 지붕처럼 바르르 떨었다. "이게 다 웬 소란이야" 그가 가장 친한 친구 곤살라스에게 말하자, 그는 눈썹 하나 까딱하지 않고 갈퀴를 집어들고는 구름에 매질을 하기 시작했다 …… 그가 생각을 잘못했다는 것을 알고, 그는 그에게 갈퀴를 내려놓고 가서 방주를 만들라고 했다/ 스물다섯 살이 되던 해에 곤

---

* Bat Masterson(1853~1921). 서부 개척 시대에 보안관, 도박사, 물소 사냥꾼, 저널리스트로 이름을 떨쳤다. 소설, 영화, 텔레비전 드라마 등 서부극의 단골 소재가 된 인물이다.

살라스는 부모님이 언제 죽을까 생각하기 시작했다. 개인적인 감정이 있어서가 아니라, 돈이 필요할 뿐이었다 & 아직도 여자와 자보지 못했다는 사실에 분한 마음이 들기 시작했다/ "왜 여덟번째 날을 만들지 않았어요?" 응가하는 방 앞의 계단에서 곤살라스의 운전기사가 그의 소시지 조물주에게 묻는다/ 향수를 건네주면서/ 하늘은 섹시한 스파게티 냄새로 변하면서 계속 바르르 떨고 있다—한편 곤살라스는 지팡이를 자랑스럽게 들고 다니며 한국 억양을 숨기려 애를 쓴다/ 불꽃이 이는데도 타지 않는 가시덤불* 뒤에서 에드거 앨런 포가 나온다 …… 그가 에드거를 본다. 그가 굽어보며 "아직 네 때가 되지 않았다"고 말하고 그를 죽인다 …… 곤살라스가 들어간다/ 두번째 경주에서 다섯번째로 들어온다

네가 이해를 못하는 것을
가지고 왜 그렇게
두려워해? 거리에서
사람들에게 항상
무시당해? 고속도로에서
차들에게 무시당해? 네가 이해를
못하는 것을 가지고
왜 그렇게 두려워해? 매일
건포도에 물을 줘? 건포도는
있기나 해? 네가 이해할 수 있는 게

---

* 출애굽기 3장 2절에 나오는 '불이 붙었으나 타지 않는 나무'를 암시한다.

있기나 있어? 단추 열두 개 달린
양복이 두려워? 말을 그만하는 걸
왜 그렇게 두려워해?

　　　너의 밸브 클리너

　　튜바

호주머니 가득한 악당

과일을 두는 아주 웃기는 무덤 속에 자그마한 총잡이가 숨어 있
다—질 낮은 따뜻한 브랜디 한 병이 양가죽 주머니 안에 들어 있
다/ 나이팅게일가家의 토머스 경, 나이팅게일, 젊음의 새,* 머저리
라스푸틴, 호남 갈릴레오 & 체스 초보 맥스**/ 그들의 영혼과 장갑
속에서 벌어지는 전쟁은 그들의 전설처럼 잠잠하지만 살아 있는
어릿광대들에게는 더 많은 할 일이 있을 뿐이다—암살의 희생자
들 & 죽기는 쉽다 …… 묘비 반대쪽에 아마추어 악당이 혀를 내
밀고 잠들어 있다 & 그의 머리는 베갯잇에 씌워 있다/ 그에게 평

---

* 테네시 윌리엄스의 희곡 『귀여운 젊음의 새Sweet Bird of Youth』(1959)와 『나이팅
게일의 기벽The Eccentricities of a Nightingale』(1964)를 가리키는 듯하다. 1959년에
는 냇 '킹' 콜이 〈Sweet Bird of〉를 발표했다.
** 네덜란드의 수학자이자 체스 마스터였던 맥스 외워Max Euwe(1901~81)을 가리
키는 듯하다.

소와 다른 점은 없다/ 어쨌든 사람들은 그에게 관심이 없다

사부에게
내 여자친구 있잖아! 숲속을
오랫동안 산책한대.
웃기는 건 내가 어느 날 밤에
따라가 봤거든, & 나한테
진실을 말하는 거야. 난 총이나
축구 같은 것으로 흥미를 끌려고 했는데
갠 눈을 감고 "믿을 수가 없어
이런 일이 생기다니"라는 말만 하는 거야
그런데 간밤에 목을 매 자살을 기도했어 ……
난 즉시 애를 정신병원에 집어넣을까
생각했어, 하지만 젠장 앤 내 여자친구잖아,
& 내가 미친 여자랑 산다고
사람들이 나를 이상하게 쳐다볼 거야.
애한테 차를 한 대 사주면
어쩌면 도움이 될지도 모르지/ 네가 처리해줄 수 있어?
          들어줘서 고마워
          완전 탈진 쏨

무용無用 씨가 노동에 작별을 고하고
레코드 취입을 하다

폼버스 퍼커. 그의 살찐 얼굴에 활짝 피는 웃음. 구멍 같은 텅 빈 머릿속. 선禪 폭죽에 관한 그의 무미건조한 지식. 자잘한 선의의 거짓말들. 알사탕에 대한 그의 비전도. 그의 개숫물 손/ 폼버스 터커. 그의 불독 같은 기지. 그의 원자 젖꼭지론論. 그의 수염 & 요통/ 폼버스 터커. 밀랍을 먹여 부드러운 실크해트. 그의 고독 & 초연함. 헛소리에 대한 혐오/ 롱거스 버커. 산수 & 십진법. 그만의 특별한 독창성 …… 모래사장에 자기 이름을 새기느라 몇 시간을 보냈다. 갑자기 동요한 파도가 그와 그의 이름을 바다로 싹 씻어갔다 (허허허)

있잖아, 배은망덕하다는 인상을
주고 싶지 않지만, 그

76

워런 보고서* 말이야, 너도 알겠지만,
미흡해. 그렇잖아.

사건 당일, 토론토에 있었던
디모인 출신의 바나나 세일즈맨한테
물어보는 게 더 나았을 거야,
수상해 보이는 사람을
본 적이 있느냐고/ 아니면
나한테 와서 뭔가 본 게 없느냐고
물어보는 게 더 나았을 거야/ 하지만 의사가 그러는데
나 종양이 생겼대, 그래서 엉망진창이 된
이 상황을 바로잡는 일에 신경 쓰는 것보다
더 중요한 일이 생긴 거야…… 기왕 거기에 갔으니
슈퍼 머프**의 사인 좀 받아다줄 수 있으면 좋겠다

　　　오늘은 이만 줄일게
　　　너의 조명기사
　　　썰매가

---

* 린든 B. 존슨 대통령이 1963년 존 F. 케네디 대통령 암살 사건을 조사하기 위해
구성한 위원회가 약 10개월 만에 제출한 888쪽 분량의 보고서는 완전하지 못하고
논쟁의 여지가 많은 것으로 여겨졌다.
** Murf the Surf(1938~). 서핑 챔피언, 음악가, 작가. 1964년 '세기의 보석 강도'
로 일컬어지는 사건으로 붙들려 형을 살고 나온 후 다시 살인 사건으로 복역했다.
현재는 목사가 되어 수감자들을 상대로 목회 활동을 하고 있다.

호랑이 형제에게 주는 조언

　지금 네 사촌들이 다리 근처에서 원초적인 기쁨을 추구하는 곳에서 너는 폭풍우를 맞고 있다 & 벌목꾼들이 홍해를 탐사하는 이야기를 해주고 있고 …… 모자에 럼주를 담아 우박을 동반한 폭풍의 얼굴에 붓고 & 하늘 아래 생겨나는 것치고 새로운 것은 없다고 생각하지 …… 강아지들이 꼬리를 흔들어 네게 작별을 고한다 & 로빈 후드가 스테인드글라스 창문에서 내다보고 있고 …… 오페라 가수들이 **너의** 숲 & **너의** 도시를 노래할 거야 & 너는 홀로 설 것이나 그것으로 예식을 만들지 마 …… 늙고 주름살진 광맥 탐사자가 나타날 거야 & 그는 네게 "소유욕을 버리라! 기억되고자 하지 말라!"와 같은 말을 하지 않고 가이거 계측기만 찾을 거야 & 그의 이름은 모세가 아닐 거야 & 참견하지 않았다고 네가 운이 좋다고 생각하지 마—하찮은 일이야 …… 네가 운이 좋다고 생각하지 마

안녕. 그냥 한 자 쓰는 거야
강도 사건의 흥분이
다소 가라앉았어. 유괴범들이
시어를 아직 돌려보내지
않았어, 아빠는 보이스카우트 여女단장으로
승진했어, 그러니까 나쁜 일만 있는 건
아냐/ 엄마는 알래스카의
예비 아버지 단에 입단했어. 정말
좋아하시더라/ 네가 덤벨을
봐야 하는데. 이제 거의 두 살이야.
말하는 게 붕어 같아 & 벌써부터
시가 담배를 닮기 시작했어/
네 생일에 보자

　　　　형
　　　덩크가
p.s. 아돌프가 장난을 생각해냈어
식탁에 토한 것을 놓고
여자애들이 토하는 걸 보는 거야.

불결한 감방에서 폭동을 구경하기
또는 (감옥에는 주방이 없다)

총알 구멍이 있는 폭스바겐 차 위에 서 있는 수염 난 레프러콘[*] &
그가 상반신을 드러낸 마피아 망토를 입고 있다―초록색 등불을
들고서 자동차 묘지를 향하여 큰 소리로 "맥주 팔십 하고도 일곱
잔 전에"라고 하더니 "기타 등등"이라고 말하지만 그의 목소리는
미키 맨틀[**]이 그랜드슬램 달성하는 소리에 잠겨버린다 …… 시
장이 알카셀처[***]를 가지고 리무진에서 내려 "저 레프러콘은 도대
체 뭐야?"라고 말하자 야구 장갑을 낀 수많은 관광객들이 성을 내
며 몰려와 그를 짓밟는다 & 특별 기동대가 온다/ "대관절 당신 뭐

---

[*] 아일랜드 민화에 나오는 요정. 주로 나쁜 장난을 치며 무지개 끝에 금이 든 단지를
숨겨두고 있다. 인간에게 잡히면 세 가지 소원을 들어준다.
[**] Michey Mantle(1931~95). 뉴욕 양키스 팀의 강타자로 이름을 날렸다.
[***] 물에 타 마시는 소화제.

요?" 쓰레기 수거인이 물었다 "나는 콜 영거*요. 내 말을 조랑말 속달 우편에 쓰라고 주었지. 그 외에 난 당신과 다를 바 없소" 열렬한 환호성이 들리며 야구공이 화재경보기를 부수고 지나간다 "나는 시청 직원이오. 한 대 맞기 전에 당신 직업이 뭔지 말하는 게 좋을 거요" "나는 배우요. 내일 또 내일 그리고 또 내일이 불행에서 불행으로 이 하찮은 은총을 밝히는구나, 아무런 의미가 없이 발을 구르며 분노하는 무대장치 담당처럼. 오 로미오, 로미오, 그대는 왜 방귀를 뀌나요? 어때요 괜찮죠?" "나는 시청 직원이오, 말로 당신을 짓밟아버리겠어" "오이디푸스 왕 이야기를 해줄까요?" 하지만 지하에서 눈먼 앤디 레몬과 그의 친구 립이 파리의 청이 디자인한 박차와 가벼운 풀오버를 착용하고 토끼 발 블루스를 노래한다— 그들은 어항 속에 서 있다 & 모든 사람들이 그들에게 공깃돌을 던진다…… 그러나 바깥에서는 최루가스가 사라진 뒤, 우리는 레프러콘이 손에 붕대를 감았고 수염이 없어졌음을 발견한다 & 우리는 시장이 집에서 스펠먼 추기경에게 긴급히 전화를 걸고 있는 것을 발견한다/ 기나긴 밤이었다 & 모두들 많은 접촉을 했던 날이었다 …… 나는 요람에 들어갈 준비가 되었다. 사막이 소떼로 가득하다

좀더 일찍 쓰지 못해서 미안해.

이빨을 좀 뽑아야 했어. 드디어

---

* 미국 남북전쟁(1861~65) 당시 남군의 게릴라로 활동하다가 종전 후 열차 강도가 되었다.

위대한 글래스피를 읽었어. 대단한 책이야
정말 대단해. 그 친구 정말
있는 그대로 써. 여긴 별다른 일 없이
여전해. 처키가 나귀한테 울타리를
뛰어넘게 하려고 했어. 어떤 일이 있었는지
짐작이 갈 거야. 동생이 형편없는 놈한테
시집을 갔어. 내가 한 방에
녀석을 때려눕혔지. 오늘은 여기까지야

추수감사절에 보자
코키가

절망 & 마리아는 어디에도 없다

브래저스의 딸 초라한 앤 & 목걸이에 달린 이빨들―혐오의 원인 & 투우의 유령이 크게 웃는 국경 & **해방** & 그녀, 가죽 도둑의 어머니와 함께 & 엿보는 **두 걸음 더** 이크 & 미친 번개 & 발광한 태양 & 남동생들을 침대로 & 따분함으로 데려간다―**어느 날 방** 옆의 조용한 앵무새처럼 구석마다 열기 & 아주 미쳤다 & 돼지 거간꾼―마리아 **그녀는 벌거벗었다** 그녀가 내 눈에 달만 한 구멍을 파는 동안 그녀의 아버지, 그는 산을 따뜻하게 하고 & 부제들과 젊은 선교사들에 대해 무비판적이다―마리아는 선잠이 들었지만 그녀는 금발의 다이너마이트와 **너의 옷**을 저주하며 **너를 없앨 것이다** …… 그녀의 기질에는 손도끼가 감춰져 있다 & 스파이크 드라이버가 윙윙돌아간다, 그것은 교미하는 방울뱀처럼 개수대 속에서 드르륵거린다―그녀의 본성에 친화적이다 & **마리아 왜 울어요?** & 내 십이 자정을 줄게요 & 당신에게 윤년을 걸어차줄게요 & 부정한 언어로부터 당신을 보호해줄게요 & 권능에 대한 충성이면 다 돼요 & 공책을 가지고 있는 이 작은 개구리들 …… 마리아 **왜 웃어요**? 자유 때문에! 그녀는 죄수, 불변하는 여자 & 그 늙은 여자는 마리아들과 깽깽 짖는 개들과 **추억**으로 이루어져 있다 아 지난날은 얼마나 격렬했던가, **사람들의 행위는 옛날로부터** 갑자기 탕 그들 앞에 놓인다 단순한 시몬 **베드로의 부정**은 바로 지금도 여전히 유독한 허무 & 마리아, 나 & 당신, 우리는 세 명의 **당신을 사랑해**가 되는 거예요 내가 벌거벗은 것을 교회화하지 말아요―나는 당신을 위해 벗었으니까 …… 마리아, 그녀는 나더러 외국인이라고 한다. 그녀는 나를 괴롭힌다. 나의 사랑에 소금을 붓는다

맞아. 가끔 난 약을 맞아.
그래서 뭐. 그게 너와
무슨 상관이지? 머빈,
정말이야, 날 내버려두지 않으면
너의 그 상처를 다시 더
찢어버리겠어, 알아들어? 있지
나 화가 나거든. 한 번만 더
사람들 있는 카페테리아에서
그 이름으로 날 부르면 그냥 확 널
후려갈기고 정신 차리도록 발길질할 거야.
있지 난 화조차 내지 않을 거야.
그냥 화가 널 덮치게 내버려둘 거야.

죽여버릴 거야.

조심해

법의 집행자

아서왕의 방랑자 집단 속 남부 연방 밀정

"······ 나중에 **카지노**를 나올 때
내 호주머니 속에는
백칠십 길더가 있었다.
이것은 틀림없는 사실이다!"*
—표도르 도스토옙스키

벳시 로스를 한쪽 팔로 감싸고 있는 흡혈귀의 아들—그와 그의
사교계 친구들: 레인 맨. 의사 버트. 플럼프 대통령. 꽃집 아줌마 & 비
비狒狒 보이 ······ 그들은 모두 "새해 복 많이 받으세요, 엘머 & 부
인은 안녕하시지요, 세실?" 하고 말했다 & 그럼으로써 그들은 파

---

* 『노름꾼』(1867) 중에서.

티에 무료로 들어갈 수 있었다 …… 일단 파티에 들어가면, 버트는 이쑤시개를 목 뒤에 꽂고 의사가 나타나기를 기다렸다 & 카드놀이는 볼 만했지만 꽃집 아줌마는 가진 것을 모두 잃고 숲으로 갔다―그랬더니 글쎄 몸집이 작은 포도주 양조장 영감이 와서 도와주겠다는 게 아닌가―"당신은 빠져요." 꽃집 아줌마가 말했다 "당신은 파티에 없었잖아요!" …… 그러자 몸집이 작은 포도주 양조장 영감이 즉시 머리 & 벨트를 벗었다 & 그랬더니 글쎄 그 사람이 사실은 페이비언이 아니고 누구겠는가―"당신이 아무리 요술을 부릴 줄 알아도 상관없어요, 당장 꺼져요!" …… 바로 그때, 워싱턴으로 가는 케이블카가 모두에게 줄 크로스워드 퍼즐을 싣고 덜커덕덜컥커덕 산에서 내려오더라―그러자 레인 맨이 "조심해요 꽃집 아줌마, 코끼리가 와요!"라고 외쳤으나 그녀는 페이비언에게 몰래 다가가 납덩어리를 매단 구명조끼를 씌워 풀장에 빠뜨린 비비 보이와 올드 랭 사인을 부르고 있었다―플럼프는 그에게 경고를 주고자 했지만 너무 술이 취해 그만 술통에 빠졌다 & 그는 개가 끄는 트랙터에 치여 쓰레기장에 버려졌다 …… 세상은 잠시도 멈추지 않았다―다만 폭발했을 뿐/ 알프레드 히치콕이 그 모든 것을 미스터리물로 만들었다 & 헌틀리와 브링클리*는 일주일 동안 잠을 자지 않았다 …… 성조기가 초록색으로 변했다 & 앤디 클라이드**가 체불 임금을 가지고 늘 칭얼거렸다―이 세상 모든 체육관에 감시원이 배치되었다 …… 흡혈귀의 아들은 벳시 로스와 이혼하고 이제

---

* Huntley-Brinley Report. 1956~70년에 걸쳐 방송된 미국 NBC 뉴스 프로그램.
** Andy Clyde(1892~1967). 스코틀랜드 출신의 미국 배우로 1932년 세네트 스튜디오가 경제적인 어려움에 직면해 그의 봉급을 삭감한 바 있다.

빨간 모자를 쓴 아이와 함께 빈속으로 새해를 맞았다―그와 빨간
모자, 그들은 문손잡이를 숨기는 일로 돈을 잘 벌었다 & 더이상 파
티에 가지 않기로 결심하는 모든 사람들처럼 그들도 입이 있는 곳
에 돈을 두고* …… & 그것을 먹기 시작한다

이 사실을 번역해주세요, 닥터
블로르구스. 그 사실이란 우리는
자유를 위해 기꺼이 죽어야 한다(사실의 끝)
그런데 내가 그 사실에 대해 알고 싶은 것은 이것이에요.
그걸 히틀러가 말했을까요? 드골이? 피노키오가?
링컨이? 애그니스 무어헤드가? 골드워터가? 블루비어드가?
해적이? 로버트 e. 리가? 아이젠하워가?
그루초 스미스가? 테디 케네디가? 프랑코 장군이?
커스터가? 호세 멜리스가 그걸
말했을 수 있을까요? 혹시 도널드 오코너가?
마침 나는 도서관 관리인입니다, 그러니 그 점을
명확히 밝혀주시기 바랍니다.
감사합니다 …… 참, 다음주 화요일까지
답장을 주시지 않으면
전술한 모든 사람들이 사실은

---

* put their money where their mouth is. 딜런이 축자적 의미로 사용한 이 숙어
의 실제 뜻은 '말로만 나쁜 상황을 개선하겠다고 하지 않고 실제로 돈을 써서 실천
한다'이다.

동일 인물이란 것으로 알겠습니다…… 또 뵐께요.
정신과 학생들이 한 시간 후에 견학을 오는 관계로
벽에 걸린 고다이바 부인 그림을 떼야 하거든요……

감사드리며,

포파이 꼼지락 드림

키스하는 기타들 & 당대의 난관

흑풍들 & 백색의 금요일*들을 따라, 그들이 물과 정글의 비명을 휩쓸어간다 & 수학에 면역된 레니, 그는 유들유들한 돌팔이 의사―방랑하는 신 …… 그가 그들의 안장주머니 속에 꽃을 심고 예수에 대하여, 그의 용기와 졸업 시험―비극, 상처받은 자부심, 코미디보다 깊지 않고 얕은 것―에 대하여 이야기하고 그의 행로, 그의 수다, 그의 그림자를 물어뜯는다 …… 마음으로부터 빛의 심장을 몰아내고 비운과 억압과 해피엔드의 광대극을 승인한다 …… 독가스로 기억을 살해하고 정의의 힘을 차단하려는 그들, 어둡고 꾀가 많고 영속적이고 창백한 무뢰한의 꽃처녀들을 옹호하

---

* White Friday.는 제1차세계대전 당시 마르몰라다 산에 주둔하던 오스트리아군 진영에 산사태가 덮쳐 270명이 목숨을 잃은 사건을 가리킨다. 이후 12월 한 달 동안 만여 명의 군인이 산사태로 사망했다. 이탈리아군과 오스트리아군이 서로 경사면에 쌓인 눈을 겨냥하여 고의적으로 발포해 산사태를 유발시켰다는 설도 있다.

는 & 모욕하는 광경을 차단하려는 그들 …… 안짱다리 가수 아름
다운 글로리아, 간판장이의 사생아―마을 서기에게 강간당한 조
앤 & 광부인 아버지에게 열두 살 때 처녀성을 빼앗긴 실버 돌리―
숙부에게 팔을 잘린 메이벨―약사의 얼굴을 콤팩트로 으깨는, 이
중 관절이 있는 바버라 & 질투심이 많은 애인 모린 …… 그들 중
아무도 낙엽을 긁어모으지 않는다―전화 교환원인 친구들을 배
반하지도 않고 e.e. 커밍스와 같은 이들의 책에 돈을 쓰지도 않는
다 …… 그들 중 아무도 "불쌍한 길 잃은 영혼" 어쩌고 하는 건장
한 힐빌리 가스펠 가수와 천사 같은 순례자라는 레니의 말에 속아
넘어가지 않는다―범죄라야 노상 예수의 옷과 부츠를 착용하고 &
활보로 군림한다는 것 …… 파이 장사가 듀폰과 고양이 잡지를 위
해 개들과 도시들을 거세하는 세상의 외톨이 상어 늑대 & 그들은
기계 속에 숨어 껌과 자기들 씨앗과 초상을 씹는다 …… 레니는
해외 참전 용사 마멋을 그의 살인 이야기 플리머스 6―암스 브라더
스 의자와 그의 유괴범 & 라디오 사이렌에게 맡긴다/ 공산주의자
들은 그를 게으르다고 일컬을 것이고 & 참전 용사는 그를 부랑자
라고 & 어이라고 & 술병이라고 부르지만 그는 성직자들에게 친절
하고 시장의 며느리와 엉기지 않는다 …… 그는 요요를 가지고 놀
때나 바벨을 들 때나 낯선 사람 앞에서 비단옷에 나비넥타이를 맨
다―그는 나비넥타이를 훔쳐 북방으로 가며 절단된 손으로 부서
진 재떨이를 주워드는 군인들에게 손을 흔든다 & 소리를 죽이려
천을 뒤집어씌운 & 폭발하는 수탉들을 피하며 장식과 쌍둥이 관을
어루만진다/ 그의 강인함에는 환희가 있다 & 그는 정말 따뜻하고
& 쓸데없이 거칠다

숲을 누비다 나온 사슴
모두 노예가 되지는 않아도 군인의
과녁이 되리 & 주일학교 교사와
아이들이 나와, "조심해, 곧
실족할 테니!"라고 하는 말에 시녀가 실신하며
그게 위협인지 아니면 우호적인 채찍질인지
결백한 너구리를 탁자 위에 놓고 문질러 닦는 것이지
물었을 때 자유의 다리는 죽음을
대신할 수 없으리—자유, 집필되지 않은,
눈도 없고 욕구도 없고, 방어도 없으며
혈관에 유리가 흐르는 고아 소네트—자유인과
로맨틱한 사람들을 죽여서 규칙적인 일정에 짜맞춰
일하게 강제하려는 음모 & 이제는 단 한 번
사이드카 없이 달린 자들에게 대한 공격……
자 어서, 쏴라! 면허 & 약한 심장만 있으면 되니까

땋은 머리 덕택에 & 숲이 있는 비어 캔 비치*를 어슬렁거리며—
도로변 술집의 지식인들 & 오이의 악취와 짐 빔 위스키에 전 땀 냄
새가 진동하는 소형 트럭 & 백미러에 비친 신사와 숙녀들—윤간

---

* 캘리포니아 압토스Aptos에 있는 해변.

92

하고 싶은 기분의 인류 & 요들을 부르며 수영하는 사람들―파업의 중심지 출신의 망상가들 & 기어오일을 마시는 깜찍하고 예쁜 여자 & 가짜 솜브레로를 쓰고 웃는 레니 & 대도시에서 온 동성연애자들과 여자들을 질식시켜 죽이려고 애쓰는 저글링 광대들 & 파노라마 같은 길, 거기서 떠돌이 개 사냥꾼 살인자 & 오토바이의 성인 레니를 발견할 수 있었다―그는 사랑 아니면 증오의 대상이었다―상스러운 여자들, 야비한 톰, 황소 마이크 & 친근하게 구는 외설적인 헤이즐의 마음을 끄는 그 …… 레니는 우리의 나쁜 점을 제거하고 좋은 점만을 남기거나 좋은 점을 제거하고 나쁜 점만 남길 수 있다/ 우리가 스스로 똑똑하다고 생각하고 세상을 안다고 생각하면 레니는 우리의 머리를 가지고 놀고 사람들에 대해 우리가 배워온 모든 것을 반박한다/ 그는 역사책에 나오지 않는다 & 그는 우리가 우리인 것을 기뻐하게 만들거나 그 사실을 증오하게 만든다 …… 우리는 그가 대단한 강도라는 걸 알지만 그를 신뢰한다 & 그를 무시하지 못한다

…… 그렇다면 사자 굴인데, & 닻을 올려라* & 우리는 그 식탁을 기억한다―속된 이들과 비애국적인 사람들 & 무단 점유자의 권리를 가진 타락한 마돈나가 앉은 그 열광적인 식탁 & 모두 섹시하며, 자동차 도둑들을 괴롭히고 있다 & 어떤 갈팡질팡하는 신성

---

* anchors away. 여기서 'away'가 'aweigh'를 의미한 거라면 '닻을 올려라'는 뜻이며 1906년에 작곡된 미국 해군의 행진곡이자 미국 해군사관학교의 응원가 제목이다. 그러나 딜런이 흔히 잘못 쓰이는 동음이의어 실수를 한 것이 아니라 'away'를 의도했다면 '닻을 내려라'라는 뜻이 된다.

불가침의 인물이 예고 없이 유유히 행진해 들어가 자기가 어떤 닭을 뚝딱 손질했다는 이야기를 하고 있지만 엉덩이가 연료 조절판 같은 피터 팬이 어딘가 가려고 일어서자 우리가 알다시피 그는 실제로 가는 적이 없으므로 밸브가 의아해하며 감상적이 되어 으르렁거린다―글로리아는 머리를 분홍색으로 물들이고 자기 손가락 속의 물고기 이야기를 하며 내일을 일요일이라고 부르며 내일에 관한 이야기를 하고 있다 & 엔진에서 쿵 하는 소리가 난다 & 실제로 1단 기어가 쿵 하고 걸린다―& 존 리 후커가 오는 소리 같다 & 오 이런, 그것은 기차 소리보다 더 크다 …… 코 밑에 흉터가 있는 그로기 상태의 뱃사람이 갑자기 리틀 샐리의 뺨을 때리고 발길질을 해서 작업복 바짓단을 놓게 만든다 & 무슨 일이 벌어지고 있다는 것을 그가 안다는 것을 우리는 안다 & 그것은 뚜렷하게 보이는 종류의 평범한 소리가 아니다 & 쿠우웅웅웅웅 & 광포하고 나폴레옹 같은 자살의 총천연색 수난 & 레니는 대낮에 사라졌다 & 홀로 쓸쓸한 다리의 대들보가 사라졌다 & 나팔이 유사시에 불도록 늘 훈련해온 곡을 연주한다―사방에 흐르는 바빌론의 연인이요 혈기 왕성한 청년 & 눈가리개를 한 죽은 로커빌리인 충격―그는 본능에, 집시들에게 무릎을 꿇고 공감을 찾아 발상지로, 그가 찾을 수 있는 최북단의 숲으로 녹아든다

…… 나중에 다음과 같은 사람들 사이에서 벌어지는 떠들썩한 난투극이 목격된다. 비가 계속해서 굴뚝으로 흘러드는 방에 살기 때문에 기침이 만성이 되어 있어 기분이 항상 알 카포네 같은 토끼

장수—우리는 그를 화이트 맨이라고 부른다/ 마네킹을 메이시 백화점에서 양키 스타디움으로 운반하는 일을 하며 악천후에는 언제나 귀에서 피가 나는 전직 미군 동성애자—우리는 그를 블랙 맨이라고 부른다/ 아버지로부터 P. T. 바넘*처럼 걷는 법을 배웠으나 지금은 그게 아무런 소용이 없음을 깨달은, 한쪽 눈이 의안인 휴대품 보관소의 여직원—우리는 그녀를 관객이라고 부른다/ 입은 합성수지로 가득하고 호주머니는 사용한 성냥으로 가득한 양초 제조업자—우리는 그를 보상이라고 부른다/ 고기 완자로 가득한 터번을 쓰고 있는 수영복 차림의 미인—우리는 그녀를 성공이라고 부른다/ 줄다리기 시합 & 신성한 종소리가 울린다—등 & 펌프실 관리인이 뻐꾸기 시계에서 나오더니 이렇게 말한다 "말은 사물이오! 시각은 자아요! 괴물 같은 당신들 중에 레니라는 사람을 아는 사람 있소? 그의 성은 ……" 그러자 어떤 자경단원이 이렇게 말한다 "당신의 시계로 도로 들어가시오! 사자들과 기독교인들의 경기는 1 대 0이었다는 걸 듣지도 못했소?" 그는 가엾은 관리인을 살해하라고 히틀러를 보내고 나서 기독교인들 & 시계들 & 온갖 종류의 밍크 모피, 우유 & 비타민 C의 생활로 다시 뛰어들었다—꼭 끼는 바지를 입은 할머니들 & 계란판을 입은 전도사들에게 똥침을 놓는, 가슴을 드러낸 장의사들 & 목욕 가운을 입은 채 봉고 드럼 속에 발이 빠져 꼼짝 못하는 U.N. 장군들 & 어린 드골들에게 낙제점을 매기며 로이 아커프** 스타일의 중고 넥타이를 맨 삼백만 명의 시샘

---

* Phineas Taylor Barnum(1810~91). 미국의 정치가, 비즈니스맨으로 '바넘 & 베일리 서커스단'을 창단했다.
** Roy Acuff(1903~92). 미국의 컨트리 음악 가수.

시샘하는 교사들 & 한바탕 할렐루야 노래를 터뜨리는 교도소 성가
대들 …… 모든 사람들이, 심지어 선한 성자 의사, 조류학자조차 자
기들의 잘못을 감추려고 양심의 가책 & 젖꼭지를 빤다 …… 모두
가 "재난이다!"라고 말한다 & 목맨 어릿광대를 가리키고 조사하고
& 보고서를 작성하며 & 죽은 폰티악과 로르카 묘지의 갓난아기들
에게 "에잇, 에잇" 짜증을 보이며 …… 모든 사람들의 무용한 희생
을 훔치는 세무 관리 & 무시된 H.G. 웰스 …… 암흑의 천사가 탄
생한 것을 보고 심장마비를 일으킨 대장장이 룰루, 속물 누가Luke &
아킬레스, 모두가 비행접시를 잡으려고 했는데 …… 어느 날, 탬버린
의 날, 우주인 미키 맥미키가 입에서 엄지손가락을 떼고 "꺼져"라고
말할 것이다, 그때 레니는 이미 틀림없이 노한 하늘에 있을 테고

드롭아웃 잡지사
담당자님께
저는 귀사에서 최근 블랙리스트에 오른 예술가 혹은
블랙헤드 여드름이 있는 예술가인가 뭔가에
관한 책을 준비중에 있는 것으로 알고 있습니다.
전자의 경우라면 누구보다 제리 리 루이스*를
제일 앞에 싣는 게 좋을 겁니다. 후자의 경우라면,
그런 프로젝트의 가치가 정확히 얼마나 될지
미국의학회에 문의해보는 게 좋을 겁니다

---

* Jerry Lee Lewis(1935~). 미국의 싱어송라이터, 피아니스트, 로큰롤의 개척자.

산에서 내려온 대중 선동가

코르크 지크 올림

떠돌이 노동자의 모델에게 주는 조언

　　당신의 구두를 칠하오 델릴라—코피로 우주가 교란되는 흰 눈을 밟고 걸어보오 …… 올빼미들과 플라멩코 기타리스트들의 좁은 골목을 따라 내려가다보면, 잭 파*나 다른 섹스 심벌들을 상으로 받을 테니—새가 사는 화장실을 확인해보오 왜냐하면 녀석이 날개 속에 검을 숨기고—컨트리 뮤직 가수를 옆에 끼고서—뱃속의 전령 비둘기를 소화시키며 뛰쳐나올 때 …… 당신은 어쩌면 간통하는 방식, 검을 삼키는 방식을 바꿀지 모르지—못 위에 누워 자는 법을 바꿀지도 모르지—구두를 노새 유령의 색으로 칠하오—종이 호랑이의 이빨은 알루미늄이오—바빌론**까지는 시간

---

* Jack Parr(1918~2004). 미국의 코미디언, 토크쇼 진행자. 1957~62년에 걸쳐 〈투나잇 쇼The Tonight Show〉를 진행했다. 자니 카슨이 그 후임으로 1992년까지 장기간 진행을 맡았다.

** 성서에서 '바빌론'은 교만과 우상 숭배의 도시를 상징한다.

이 많이 걸린다오―당신의 구두를 칠하오 델릴라―스폰지로 구
두를 칠하오

잘 들어! 내가 전에도 말했지만,
뭐가 제일인가는 중요하지 않아!
그런 건 없어. 네가 알아야 하는 건
제일이 아닌 무엇이야. 그래서 말인데 토니가
제 엄마와 결혼한들 그게 뭐! 그게 네 인생과 무슨 상관이지?
난 정말이지 네가 왜 그렇게 기분 나빠하는지 모르겠어.
어쩌면 직종을 바꿔보는 게 좋을지도 모르겠다.
그러니까 뭐냐 하면, 너 정도의 역량을 가진 사람이
얼마나 오래 연필깎이에 칠하는 일을
계속할 수 있을까 …… 내년 여름에 보자,
네가 술을 다시 마신다니 반가운 소식이야.

　　　때 이르게 너의

　　　푼카 씀

패자는 빈손이라는 냉혹한 현실

스페이드 잭—동전 빨래방의 비발디—힙스터 사전을 가지고 있다—우리는 그가 검은띠들과 발정난 레이스 카 드라이버들 주변에서 알랑거리는 모습을 본다—겁먹은 엉클 리머스*처럼 이리저리 급히 다닌다 …… 편지가 없는 날은 일찍 일어나 공중전화마다 다니며 광고지를 끼우고 자판기에서 풍선껌을 사취한다 …… "세상이 날 먹여 살린다네" 그는 절반은 하와이인인 얼간이 사촌, 다음달에 역시 포크송 가수와 결혼할 계획인 두뇌 조에게 말하고 있다—두뇌 조가 수도전기공사 건물의 계단에서 "라운드 & 라운드, 올드 조 클라크"**를 암송하고 있을 때 잭이 에어캡 포장재가

---

* 미국의 저널리스트 조엘 챈들러 해리스가 편찬한 흑인 민화집에 나오는 늙은 흑인이다.
** 오래된 미국 민요로 유래는 분명하지 않다. 19세기 초 버지니아 주의 밀주업자였던 조 클라크라거나 켄터키 주 출신 밴조 연주자였다는 주장이 있다.

든 상자를 들고 천천히 걸어간다―그의 사정은 좋아 보인다. 그는 캐리 그랜트* 흉내를 제법 잘 낸다. 그는 메이블이 앨티튜드 극장의 조명 기사인 호레이스를 왜 버렸는가에 관한 모든 사실 관계를 알고 있다. 그는 또한 우연히 컹크 부인의 아슬아슬한 비밀 몇 가지를 발견하기까지 했는데, 그녀는 만국박람회에서 가짜 고약을 판다―게다가 그는 요요 장난감으로 외인부대 군가를 몇 곡 연주할 수 있고 비상시 용케도 늘 자신을 그레이프프루트로 보이게 할 수도 있다 …… 그는 자기가 수집한 상처와 코르크 마개를 & 자기는 실업계에는 관심을 두지 않는다는 사실을 자랑한다. 그는 주니어스 델리의 바닥에 오줌을 싸는 정신병원 탈출 환자나 칭찬하느니 폭탄에 대한 두려움을 보이고 사람들에게 자유를 위해 한 일이 무엇이냐고 묻겠다는 입장이다―도끼, 전축을 갖고 있고, 메뉴판을 친구로, 클리넥스 한 장을 목적지로 두고 있는 스페이드 잭―그는 보도의 갈라진 틈을 절대로 밟지 않는다―"잭" 그의 다른 사촌, 반은 덴마크인이고 반은 서퍼인 보드가드가 말한다 "너는 어째서 항상 재키 글리슨** 의 친구 크레이지처럼 구냐? 다시 말해서 정말 우와! 세상에 이미 있는 슬픔으로는 충분치 않아?" 잭은 순식간에 지나가버린다―그는 귀마개를 끼고 있다―수도전기공사 건물의 계단에 있는 악단이 모든 힘을 후딱 다 쏟아내고는 나의 아버지에 대한 연주를 시작한다 …… 잭이 깜짝 놀라 다시 한 번 쳐다보고 나치처럼 손을 번쩍 들어 경례하자 지나가던 나무꾼이 들고 있던 도

---

* Cary Grant(1904~86). 할리우드의 대표적인 영국계 미국인배우였다.
** Jackie Gleason(1916~87). 미국의 코미디언, 배우. '크레이지Crazy'는 〈재키 글리슨 쇼〉에서 항상 술에 취해 흥을 돋우는 역할을 했다.

끼를 떨어뜨린다. **미국독립전쟁 참전자 자손 부인회**의 한 여성이 버럭 화를 낸다. 그리고 잭을 쳐다보고 말한다 "어떤 지역에서는 외설죄로 체포될 거예요." 그녀는 악단의 연주를 듣지도 않고 …… 보도의 갈라진 틈으로 떨어진다/ 악단장은 그런 것에 아랑곳없이 무릎을 약간 구부려 인사하고는 재채기한다. 그리고 지휘봉으로 클래식 기타를 가리킨다 …… 한 환경미화원이 잭과 부딪치는데 그가 한 말을 그대로 인용하자면 이렇다 "좋소. 내가 부딪쳤소. 그래서 뭐. 나는 집에 몸집이 작은 여자가 있소. 그리고 길 아래에 있는 좋은 라디에이터 집을 알아요. 에헤, 난 굶주리는 일이 없을 거요. 양동이를 하나 사겠소?" 잭은 놀라워하며 옷깃을 여미고는 벨 전화 시간*을 향해 갔다. 그것은 가장 가까운 경찰차 너머에 있다 …… 그는 핫도그 노점을 지난다. 소금에 절인 양배추가 그의 얼굴을 친다 …… 악단이 말라게냐 살레로사**를 연주하고 있다―**미국독립전쟁 참전자 자손 부인회**의 그 여성이 보도에서 튀어나와 악단의 연주를 들으며 비명을 지르고 저크 춤***을 추기 시작한다. 환경미화원이 그녀를 밟는다 …… 잭은 하루 종일 아무것도 먹지 않았다. 입에서 별로 안 좋은 맛이 난다―그는 자기가 쓴 출판되지 않은 소설을 들고 있다―그는 스타가 되고 싶어한다―하지만 그는 어쨌든 체포된다

---

* 벨 텔레폰 사가 스폰서였던 클래식 음악 프로그램의 이름.

** Malaguena Salerosa. 유명한 멕시코의 노래. 아름다운 여성에게 구애하지만 가난 때문에 거절당하리라는 남성의 마음을 담고 있다.

*** 1960년대에 유행하던 춤. 팔을 아래위로 격렬하게 흔드는 것이 특징이다.

모두 안녕. 별다른 일은 없어.
채식주의자 협의회에서
육식에 반대하는 내 신곡을 불렀어. 모두
좋아하더군, 무대 아래 배관공들 말고는.
그런데 거기에 대학을 갓 졸업한
어떤 귀여운 여자애가 있었어 &
축우 살육 금지 부서장인가 그래.
그녀가 나를 한 배관공에게 밀어 부딪치게 하고는
소동을 일으키기 시작하더군, 하지만 너 나 알잖아,
그런 것에 끌릴 내가 아니지. 내가 이렇게 말했어
"이봐요 아가씨, 내가 노래도 불러주고 다 하겠지만,
나를 밀지는 마시오, 알겠어요?" 나는 그들이
다음번에 나를 또 부르지 않을 거란 걸 알아,
내가 그 행사 집행위원장의 아내에게 추근댔거든,
하지만 전체적으로 봤을 때 난 성공을 거두고 있어.
담배 라이터에 반대하는 신곡을 냈거든.
성냥 회사가 내가 평생 쓸 성냥을
무료로 주겠대, 모든 성냥갑에
내 사진도 박고. 하지만 너 나 알잖아,
그 정도로 내가 신념을 버리다니
어림 반푼어치도 없는 일이지 —
다음번 지명전에서 보자

너의 반항아 동료
새끼 호랑이 씀

마리아의 친구에게 사랑을 고백하다

학교 선생님 섹시한 퀴니*가 따분해하는 사람―디케이터 시를
향해 떠나 핑크색 고속도로에 진입한다―너의 검은 혼혈 방랑자,
델포이**에서 온 너의 쥐―이제 그가 너의 메스꺼운 브래지어, 너
의 사슬에 묶인 머리에 대한 비밀을 누설하고 **너의 길**을 말하리라.
네 **인생행로**의 이상이 **우단**羽緞을 찬미하는 동안 그것은 네 섬뜩한
육체를 떠난다―너의 신체조직이 무너질 때 너는 게으른 사이렌
소리가 나는가, 네 상처, 네 의미심장한 느린 말투를 사들일 스페인
청년이 부르는가 귀를 기울인다 …… 가련한 호메로스를 찾는 고
야 그림의 퀴니가 따분해하는 사람, **나와 함께 머물라**, 둑이 터진다
& 네 번호가 호명된다 & 베이비 민Baby Mean은 **설교를 늘어놓지 말라**

---

* Queenie. 여성스러운 남성, 혹은 동성애자를 가리킨다.
** 아폴로 신전이 있던 고대 그리스의 도시.

고 소리치고 프리츠* 작가는 너의 남부 공업지대에서 도대체 문제가 무엇이냐고 & 퀴니와 너, 스파이더 퀴니더러 당장 집에 가라고 외친다―너는 땀 거미줄에 붙잡힌다―팔에게 움직이라고 사정한다―의로운 사람이 되기 위해 기도한다―뇌물로 쓸 그림엽서와 곰 인형을 찾는다―그들 일당은 **네 다리로 하며** 웃는다 & 갈색 걸레를 든 소년들은 경찰의 습격에 대해 수군거린다 & 경찰은 이미 기회주의자 레오를 잡았다 & 닥은 정오까지 떠나야 할 것이다―세인트 윌리는 전당포에 숨어 있다, 너는 **퀴니를** 걱정할 필요가 없다 & 아무도 쫓지 않는다―너는 **다른 여자**라고, 사람을 잘못 봤다고 해야 한다 & 그리고 돈을 꺼내―네 학생들은 잊어버리고 네 파트너 것도 대신 지불해 & 귀찮아 죽겠군―너는 네 두목의 그림자라는 것, 그게 너의 중죄야―프리츠 작가가 너의 발가락을 빨고 싶을 거야―너의 휴가는 곧 끝난다 & 네 인생에서 영원히 사라질 거야, **짭새다**, 잔디에 발이 벤다 & 소크라테스의 감옥이 네 행선지야, **그들이 온다**, 너는 다른 여자인 거야―아무도 협박한 일이 없고―돈은 건강식품에 쓴 거야 & 너는 트럭에 칠 거야―그들이 네게 꼬리표를 붙일 거야―너를 프리츠가 있는 너희 집으로 보낼 거야―프리츠는 일주일 동안은 울겠지 & 네 간호사와 결혼하겠지―레즈비언들은 입을 삐죽 내밀겠지만 그래도 넌 다른 여자인 거야, **모두 다 짭새야**, 이제 재미있게 살아 …… 너의 타이타닉 호를 타기 전에 재미있게 살라구―손을 뻗어, 퀴니, 손을 뻗어―똑같이 처진 피부

---

* 미국의 환상, 공포, SF 소설가였던 프리츠 로이터 리버Fritz Reuter Leiber, Jr.(1910~1992)를 암시하는 것으로 보인다. 1958년 '스파이더'와 '스네이크'라는 집단이 서로 싸우는 내용을 담은 소설 『빅 타임Big Time』을 출간했다.

를 동정하고 네 공책에서 잉크를 핥는 이 가무잡잡한 플레이보이
를 믿어─새장들과 비명을 지르는 유령들을 봐 & 뻔뻔스럽게 폐
허가 건물이라고 생각하는 너 …… 그 망할 뻔뻔함과 메달을 가져
가 & 한번 자유롭게 섹스를 해봐─그건 아무런 의미가 없으니까
실크해트를 써─느린 배를 타고 너의 죄의식으로, 너의 타락으로,
너의 블루스의 왕국으로 여행하라

나야. 뭐해? 새 종교는 어때?
뭐 좀 달라? 난 포기했어. 그냥
그 모든 경매에 갈 수 없었고 솔직히
돈이 거의 다 떨어져가. 너도 사정을 알잖아,
저번 건물에 살던 그 작은 노파가 항상 나를 가리키며
하나님이 보고 있다고 말하는 거 말이야.
그래서 거기서 한동안 화장실에 가는 것도 무서웠지.
만나고 싶다. 네가 더이상
나비넥타이를 매지 않는다는 건 알지만
너의 그 새로운 신앙의 다른 측면들도 궁금해.
그건 그렇고, 너 아직도 열쇠구멍 일을 하고 있어?
너와 얘기하고 싶어 미치겠다
　　　잘 있어,
　　　네 친구
　　　짜증이

젊은 탈영병인
심부름꾼에게 보내는 편지

할아버지가 왜 그냥 거기 앉아 요기 베어*를 시청하는지 궁금해한 적 있나? 왜 그냥 거기 앉아 웃지 않는지 궁금해한 적 있나? 한번 생각해봐, 하지만 자네 어머니에게 물어보지 말아. 엘비스 프레슬리가 왜 윗입술로만 웃는지 궁금해한 적 있나? 한번 생각해봐, 하지만 자네 담당 의사에게는 물어보지 말아. 한쪽 다리가 짧은 우편집배원이 왜 자네 집 개를 그렇게 세게 걷어찼는지 궁금해한 적 있나? 한번 생각해봐, 하지만 어느 집배원에게도 물어보지 말아. 로널드 레이건이 외국 정세에 대해 누구와 이야기했는지 궁금해한 적 있나? 한번 생각해봐, 하지만 외국인에게 물어보지 말아. 아내가 자동차 정비공인 남편의 친한 친구를 통해 구한 총으로 자살하

---

* 1961년에 방송되기 시작한 만화영화 시리즈 〈요기 베어 쇼The Yogi Bear Show〉를 가리킨다.

자 그 남편이 왜 그렇게 열렬히 카스트로를 증오하는지 궁금해한 적 있나? 카스트로가 왜 로큰롤을 증오하는지 궁금해한 적 있나? 한번 생각해봐, 하지만 롤에게 물어보지는 말아. 화이트 크리스마스 곡을 지은 사람이 얼마나 많은 돈을 벌었는지 궁금해한 적 있나? 한번 생각해봐, 하지만 메이드에게 물어보지는 말아. 보비 케네디가 실제로 지미 호파를 무엇 때문에 싫어하는지 궁금해한 적 있나? 한번 생각해봐. 하지만 보비에게 물어보지는 말아. 프랭키가 왜 조니*를 총으로 쏴 죽였는지 궁금해한 적 있나? 자, 어서 생각해봐. 하지만 이웃에게 물어보지는 말아 …… 카펫배거**가 뭐하는 사람인지 궁금해한 적 있나? 한번 생각해봐, 하지만 카펫에게 물어보지는 말아. 왜 자네가 언제나 형의 옷을 입고 있는지 궁금해한 적 있나? 한번 생각해봐, 하지만 자네 아버지에게 물어보지 말아. 제너럴일렉트릭 사가 왜 가족에게 가장 중요한 것은 함께 있는 것이라고 하는지 궁금해한 적 있나? 한번 생각해봐, 하지만 함께에게 물어보지는 말아 …… 페이더트***가 뭔지 궁금해한 적 있나? 어서 생각해봐, 혹시 …… 왜 다른 녀석들이 자네를 그렇게 두들겨 패고 싶어하는지 궁금해한 적 있나? 한번 생각해봐, 하지만 아무에게도 물어보지 말아

---

* Frankie, Johnny. 1899년에 일어났던 실화를 바탕으로 만든 노래의 주인공들이다. 프랭키라는 이름의 여성이 애인의 불륜 현장을 목격하고 그를 총으로 쏴 죽이고 체포된다는 내용이다.

** Carpetbagger. 정치적 사익을 노려 연고가 없는 지역에서 출마하는 사람.

*** Paydirt. 발굴해서 이득이 될 만큼 충분한 양의 금을 보유한 땅.

응. 알았어. 너 대단한 애인 거 같아.

그래, 내가 너를 "그 중국 여자애"라고

부른 거 맞아, 당연히 화를 낼 만해.

하지만 내가 알고 싶은 건

하여간 네가 왜 중국 사람들을

싫어하는가 하는 거야.

　　어쩌면 우리 아직 문제를

　　해결할 수 있을지도 몰라

　　너의 적절한

　　굴라시* 왕자

---

* 헝가리식 쇠고기 스튜.

엽총의 맛

엔진의 거센 소리가 우리를 숨겨줄 것 같다―우리는 질식할 것
같은 바지를 입는다 & 식욕의 노예다―우리는 조앤 크로퍼드에
취하고, 바글바글한 집단을 형성하고, 남자다운 대화 때문에 죽는
다 …… 마르셀루스는 발광했을 때 카키색 제복을 입고 즉시 다른
사람의 자식인 사생아를 상대로 소송을 제기했다―조시는 사람들
이 모두 불어서 쏘는 화살을 가지고 재판장에 나타났다고 말했다
…… 톰톰은 멜로디우스에게 미움을 받자 창밖으로 몸을 던졌다―
우리는 모두 같아서, 솜씨도 좋게 우리의 뱃속에 전갈을 집어넣는
다―항문으로 알약을 섭취한다―게이 선교사들을 찬양하고 게이
들을 경이적인 밑바닥 사회로 내몬다 …… 겨울에 얼굴이 검은 악
사가 나타나 자기가 두 여인*에게서 났다고 고지한다―그는 한가

---

* 소피아 로렌 주연의 이탈리아 영화 〈두 여자Two Women〉(1960)을 가리키는 것으

111

할 때 달의 껍질을 벗기려고 애를 쓰며 시간을 보낸다 & 그는 8센
트짜리 우표를 수집하기 위해 왔다—마약 밀매꾼 마르게리타는 목
요일로 가득한 수레를 끌고 "새조개요, 홍합이요"를 외치며 데이미
언 가를 따라 가다 밥맛 떨어진다며 그를 죽인다 …… 화학 섬에는
낙이 거의 없다—어린 여자애들은 향수를 작은 새우 속에 숨긴다
& 큰 새우는 없다—전쟁광들은 우리 독일의 모든 홍역을 훔쳐가
뇌물로 쓰라며 의사들에게 주고 있다—나는 간밤에 펄과 함께 세
시간 동안 깨 있었다—그녀는 내가 한때 살았던 하숙집 앞을 지나
갔다고 주장했다—나 & 펄, 우리는 공통점이 없었다—나는 그녀
의 권태를 나누어 가졌지만 내가 줄 것은 아무것도 없었다—나는
술에 취해 혼자 즐거워했다 …… 우리는 여행했으면 하면서도 다
리를 쓰는 일만은 마다한다—우리는 말이 없고 쇠약하고 저속하
며 고릴라처럼 악수하는 괴짜들을 만난다 & 술 취한 헤라클레스가
우리의 침대에서 우리를 기다린다 & 우리는 그에게 인사해야 한다
& 그는 새 헬리콥터가 도착했다고 말한다 & "이 사람은 너의 괴짜
야" & "너는 그의 명령을 받는 거다" 그렇다 여기에는 낙이 거의 없
지만 맹세할 일도 정신 발작을 일으킬 일도 없다—다만 무전기를
가지고 종교적인 옷을 입은 사냥꾼들이 들여온 자의식이 강한 정
신이상이 있을 뿐, 만사태평하다 …… 오늘 아침 앙골라가 폭격되
고 있는데, 나는 지금 욕지기하면서도 행복하다—머리가 질식하
고 있다—나는 은색 단추가 달린 블라우스를 콧구멍에 처박고 북
두칠성을 지그시 쳐다보고 있다—마르게리타가 무사해서 다행이

로 보인다.

다—나는 정말 비싼 사람이 된 기분이다

내 아이를 문 앞에 두고
가, 당신이 그렇게 잘 나간다니,
아이가 잘 보살펴지도록 조처하겠지.
결국 이 아이는 당신 아들이기도 하니까. 난
이 아이를 이십 년 정도 후에 볼 작정이야,
그러니까 잘 키우는 게 좋을 거야.
난 산으로 들어가
일자리를 찾을 거야. 음식은 가지고 갈 거야.
명심해, 자기야, 가스레인지 깨끗이 닦고
가스탱크 조심해

　　　당신의
　　　루이즈 루이

메이 웨스트의 스톰프 춤 (우화)

기차가 매일 밤 늘 똑같은 시간에 지나간다 & 똑같은 노인이 흔들의자에 앉아 앞뒤로 흔들거리면서 "그러게 내가 뭐랬어"라고 씌어진 묵주를 들여다보며 장남 햄본을 생각하고 있다. 그는 무기징역을 살고 있다—어린아이들에게 맥주를 사 주고 & 휴대용 빗으로 식료품 가게 주인을 죽여서다—이 똑같은 노인은 가진 것이라곤 추억으로 가득한 욕조밖에 없다. 그 추억이란 베이비 휴이*를 대통령으로라는 버튼 배지 몇 개—에이스가 빠진 카드 한 벌—빈 방취제 통—이집트어 선전 문구 팸플릿—서로 다른 바짓가랑이 세 개 & 공허한 린치 밧줄······ 노인이 사탕 포장지 의자에 앉아 법정 출두일을 중얼거리고 있다—법정 출두일—조만간 받을 것이다—나의 법정 출두일—입술이 튼, 말쑥한 젊은 신사가 오늘 그

---

* Baby Huey. 1950년대 미국 만화영화의 거대한 새끼 오리 캐릭터.

입술을 노인의 목에 대고 문질렀다―늘 똑같은 시간에 기차가 휘슬러의 어머니 초상화를 벽에서 떨어뜨려 그를 자극하듯이 몸집이 작은 노인은 복수를 계획하고 있다 …… 법정 출두일―조만간 받을 것이다―어제도 일진이 별로 좋은 날은 아니었다―여우 때문에 진흙 구덩이에 빠졌고 어떤 망할 것이 대나무와 보리와 형편없는 아이스크림으로 그의 입에 공격을 가했다―그는 대통령에게 전화 연결이 되기를 바라며 앉아 있다―몸집이 작은 노인은 내장이 아파 창문을 열어 신선한 공기를 마신다―숨을 깊이 들이마신다―속옷이 빽빽이 널린 빨랫줄―폐타이어―더러운 침대보―모자―닭 깃털―오래된 수박―종이 접시 & 다른 의복―회오리바람 조니―인디언인 그가 세인트루이스로 가는 길에 노인의 창문 아래 서 있다―"놀랍군" 그가 위를 쳐다보다 빨랫줄에 널려 있던 그 모든 것이 돌연 어떤 구멍으로 빨려들어가는 것을 보고 말한다 …… 다음날, 월세 수금인이 월세를 받으러 온다―노인이 사라지고 방이 쓰레기투성이임을 발견한다―빨랫줄 주인인 여자가 강도 전담 부서에 도둑을 맞았다고 신고한다―"귀중품을 모두 도둑맞았다고요"―그녀가 경감 앞에서 투덜대고 있다―기차가 여전히 똑같은 시간에 지나간다 & 회오리바람 조니가 부랑죄로 잡혀간다―월세 수금인이 주위를 돌아본다―망가진 뻐꾸기시계를 훔치고 "아내에게 줘야지"라고 말한다―그의 아내는 키가 6피트 & 터키 모자를 쓴다, & 그런데 그녀는 바로 그 순간, 기이한 사정으로 늘 똑같은 시간에 지나가는 그 기차에 타고 있다―전반적으로 시카고에서는 별다른 일이 일어나지 않는다

책이 좋다든가 나쁘다든가

하는 이야기를 하는 게 아니야,

다만 책이 대체 뭔지 너 스스로

알아낼 기회가 없었던 것 같다는 거야

—좋아, 아이반호* 시험은 B를 받고

사일러스 마너 시험은 A마이너스를

받았다 그거지 …… 그런데 왜

햄릿 시험은 낙제했는지 모르겠다는 거고

—응 그건 말이야 호 하나와 여자 하나로는

창을 만들 수 없기 때문이야—

두 개의 잘못wrong으로 군중throng을 만들 수 없는 것과**

마찬가지지—세상 경험을 했으니

다시 시도해보지그래……

전화번호부로 시작해도 될 거야—

원더우먼*** —또는 호밀밭의 파수꾼****으로도—

다 똑같아 & 모두 이야기가 다 끝나도록

모자를 거꾸로 쓰고 있지

---

* 『아이반호Ivanhoe』 1820년에 출간된 월터 스콧 경의 소설. 'hoe'는 '괭이'라는 뜻
으로, "호 하나"를 '괭이 하나'로 읽도록 하는 언어유희가 사용되고 있다.
** '잘못을 잘못으로 갚아서 바로잡아지는 것은 없다'는 격언인 "Two wrongs don'
t make a right"에 'right' 대신 'throng'을 넣어서 표면적인 뜻과 원래의 격언을
동시에 떠올리게 한다.
*** Wonder Woman. D.C. 코믹스의 만화 캐릭터.
**** 『Catcher in the Rye』. 1951년에 출간된 J. D. 샐린저의 소설.

부두에서 보자

도움이 되는 너의

아침 경卿이

캄캄한 밤의 굉음

블루스 모래언덕의 어릿사─고성의 목쉰 소리로 웃는 플루토 &
횡설수설하는 어릿사─장난으로 대통령이라 불리는 그에게 골칫
거리─가라─그렇지! & 연장자 콤플렉스가 당신과의 관계를 부
인한다 …… 리어가 얼굴을 찌푸리고 창문을 들여다본다 & 그는
산을 끌고 있다 & 당신이 "아니 나는 벙어리요"라고 말하자 그가 이
렇게 말한다 "아니 아니 나는 사람들에게 당신이 찰리 채플린이라고
했소, 그러니 그에 어울리게 행동하시오─그래야 해요!" & 어릿사
가 말하기를 "떠나시오 리어─우리 중 누구도 무한을 위한 배짱이
없소─자동차 핸들을 가지고 떠나시오" …… & 다음은 어릿사─
백 명의 천사 이방인이 모두 지나가며 "내가 너의 샥티*가 될게, 너

---

* 힌두교에서 '힘'이나 '권능'을 뜻한다. '원시 우주 에너지'이며 '신성한 여성적 창
  조력의 화신'이다.

의 아웃로 키드*가 될게―날 선택해―제발 날 선택해―에이 어
서 날 선택해"라고 말한다 & 어릿사는 비옥한 거품, 변덕, 겉만 번
지르르한 싸구려 포도주 중독자 등 모두에게 두루 내장까지 검은
영혼임을 가장한다―징크스, 공허의 시인 & 무서운 플롭** 모두 식품
이 더 싸고 따뜻한 지옥으로 각자의 어린 토끼를 데리고 깡충깡충
뛰어간다 & 원자력 베토벤이 비명을 지른다 "오 어릿사―내가 너
의 부두교 인형이 될게―나를 찔러―누군가를 아프게 하자―나
를 아무든 네가 원하는 사람으로 삼아! 아아, 어여쁜 여자여, 제발!
잡종인 내 몸―나의 비굴한 자아―나를 꿰뚫어―나를!" 몸이 껌
으로―지난날의 날콩 & 노예들로―결합되어 있는 학자, 그가 길
에서 안으로 들이닥친다―입에 문 담배 파이프를 집어삼킬 듯이
"봐! 그녀가 현실을 트림해"라고 외치지만 딱히 누구를 향해 말하
는 것도 아니다―그의 호주머니에서 나방 한 마리가 날아나온다
& 공허, 그 거짓말 같은 분열은 다시금 서명할 점선, 소용없는 동
기, 도덕적 유혹 & 바이올린 가방 속에 숨어 있는 백발의 남자들이
있는 아메리카를 생각나게 한다 …… 인광성 물질과 성공의 언덕
위에 관능적인 코요테 독수리가 서 있다―그는 이 분의 일 달러
를 쥐고 있다―그의 양 어깨에 걸친 닻이 흔들거린다 "다행이야!"
원자력 베토벤이 말한다 "새다운 새가 있으니 다행스러운 일이야"
"그건 새가 아니오―그냥 도둑이지―훔친 상추로 옥외변소를 짓
고 있다고!" 어릿사가 신호로 알린다―소리의 소리―그녀는 실로

---

* Outlaw Kid. 1950년대 마블코믹스가 출간한 만화책의 서부극 주인공 이름이다.
** Plop. '퐁당'하는 소리.

진짜 새든 옥외변소는 원자력 베토벤이든 그런 것엔 아무런 관심이 없다—승인, 고소 & 해명—그녀는 그런 것들을 두려워한다—그녀의 나팔에는 아무런 결함이 없다—그녀는 태양이 그녀의 일부가 아님을 알고 있다

비틀거리며 문을 통과하는
오디오 수리공의 셔츠 등에
"소리는 신성하다—
방문 & 상담 환영"이라고 씌어 있다

적대적인 캄캄한 밤의 굉음

그들이 너를 어떤 버려진 집 지붕 또는 높은 걸상 위에 놓는다 & "꽁꽁 잘 묶어, 조—풀어지지 않게 단단히"라든가 하는 말소리가 들린다 & 그러고 나서 인상이 나쁜 오리온 & 그가 너를 깨끗이 닦는다 & 계속 깨끗하게 해준다 & 낯익은 얼굴이 "달걀을 먹었다고 들었는데? 그게 사실인가?" & 오리온이 그의 살 & 마음의 병*이라는 블루스 & 소화전들의 그림자를 핥는다 ······ **너**—대표적인 소화전 & 일개의 소화전인 보 제스트—그는 지브롤터**까지 걸

---

* Trouble in Mind. 리처드 M. 존스가 작곡한 블루스 음악으로, 1924년 셀마 라 비 조가 처음으로 취입한 이래 수많은 가수들이 불러왔다.

** 영국의 소설가, 비평가, 작곡가인 앤서니 버제스Anthony Burgess의 『홍벽의 시야A Vision of Battlements』를 가리키는 것으로 보인다. 그는 1949년 이 소설을 집필할 때 머릿속에 악상이 떠오르지 않아 텅 비어서 "무언가 창조하고자 하는 욕구를 견디지 못해 이 소설을 썼다"고 밝혔다. 버제스는 어떤 평론에서 보 제스트를 로빈슨 크루소에 견주어 비판적인 언급을 한 바 있다.

어가 너의 에너지를 찾으려다 철저히 실패한다―원기를 내서 너의 언어를 상대로 섀도복싱을 하라 …… 동산의 파우스트― 헝가리의 사슴처럼 생긴 노예해방의 앤 & 빙산 같은 두뇌의 소유자 첨프* 모두 다 아프리카를 모방한다 …… 히치하이크하며 떠벌리며 카르타고로 가는 중이라고 말하는 데드 러버** & 그는 계속해서 "내가 죽으면"이란 말을 되뇌지만 그는 의식을 잃고 우울해지고 감리교도적 아첨을 분출한다 & 이마에 아랍어가 글자가 씌어 있고 모든 사람들이 자기의 공포를 경험하기를 원하는 반짝반짝 어릿광대, 그는 "내 친구가 되려면 내 공포를 경험해야 해!"라고 루시 터니아에게 말한다, 채식주의자인 그녀의 다리는 마호가니처럼 빛난다 & 그녀는 처첩이 없는 반짝반짝 어릿광대가 울컥하자 그를 위로한다 …… 퓽퓽 & 오리온이 말을 더듬거리다 헛기침한다 & **수리수리마하수리**―대형 회전관람차 밑의 아편 유령―고속도로 가장자리―아무도 정차해서는 안 되는 곳―그가 분란을 일으킬 수 없는 곳― 쇼가 계속되어야 하는 곳 …… 그곳이 그가 죽기를 원하는 곳이다―그는 성당의 종소리 가운데서 죽기를 원한다―그는 토네이도가 지붕과 걸상을 칠 때 죽기를 원한다 "죽음은 이것으로 끝"이라고 그는 죽으면서 말할 것이다

신문 배달원이 뒷문으로 들어온다―

---

* Chump. 얼간이.
** Dead Lover. 죽은 연인.

엄지발가락이 신발 밖으로 나왔다—그는
숫자가 적힌 껍질 하나를
가지고 있다—그가 전화를 건다—
그리고 코를 푼다

무책임한 캄캄한 밤의 굉음

미국은 방음 장치가 되어 있지 않다―당신은 달러의 벽 저편에 사는 수많은 사람들의 마음을 움직일 수 있는 것은 아무것도 없다고 생각할지도 모른다―그러나 당신의 두려움은 진실을 불러들일 수 있다 …… 영세농의 모습―발목까지 오는 긴 내복―너구리 털 가죽 모자―스스로 신발에 목매달았다―그의 아내는 해골에 발이 걸려 넘어진다―머리는 쥐에 뜯긴 것처럼 흉하다―그들의 어린아이는 옷에 전갈을 달고 있다―전갈은 안경을 쓰고 있다―아이는 진을 마시고 있다―모두의 눈꺼풀 속에 풍선이 들어있다―그들이 멕시코에서 가서 일광욕을 하는 일이 없을 게 분명하다―당신의 달러를 오늘 보내시오―그러기 위해 비상한 노력을 기울이십시오 …… 아니면 영원히 입을 다물든가

골목대장이 입장한다—신문 배달 소년의

어딘지 말하지 않아도 누구나 알 곳을 걷어찬다—&

오디오 수리공의 셔츠를 잡아 벗기기 시작한다

강렬한 캄캄한 밤의 굉음

　자연은 웨스트 버지니아의 젊은 광부들이 광부이기보다는 46년
형 쉐보레를─계약금은 없이─갖고 싶어하게, 제네바에 가고 싶어
하게 만들었다 …… 현실도피 비슷한 것을 찾아 & 로드 버클리 &
자기 어머니처럼 되기 일보직전에 "어머니처럼 되고 싶지 않아!"
라고 하며 생태 아마존 스타홀의 도움을 구하는 셜록 홈스 & e.e. 커
밍스*─철자를 정확히 알자─먹고 남은 닭 뼈를 브롱크스 베이비
No. 2에 속하는 돼지 꼬리로 둘둘 두른다 & 그녀는 세상의 종말이
오고 있다고 생각하고 집회를 조직하는 일에 애쓰고 있다 & 그녀
의 아버지에게 혀를 내보이는 그녀의 남자, 몸무게가 320파운드인
프랑스인─그는 그 일에 관여하고 싶지 않다─"샌쿠엔틴**"에 가고

---

* E. E. Cummings(1894~1962). 미국의 시인, 극작가, 화가.
** San Quentin. 캘리포니아의 샌퀸틴 주립 교도소.

싶지 않아! 난 범죄자가 아니야!—난 외국인이고 당신이 e.e. 커밍
스를 좋아해도 난들 어쩌겠어, 하지만 난—반복하지만—난 외국
인일 뿐이야"& 그녀는 남은 닭 뼈를 몽땅 그의 얼굴에 집어던진
다 & 유명인들이 지나가다 그 광경을 목격하고 일련번호를 적는다
…… 모나는 왼쪽 가슴에 론 레인저 광고를 달고 다닌다—모나의
사촌—몸무게가 320파운드인 이 프랑스인—그는 아서 코난 도일과
닮았다 …… 모나—그녀는 섹시한 부처와 닮았다 & 항상 금문교
앞에 서 있는 것처럼 보인다 …… 그녀는 e.e. 커밍스를 좋아하지
않고 페르난도 라마스를 좋아한다—나는 서부로 가는 검은 기차를
타고 있다—사막에는 어릿사가 없다—단지—굳이 말하자면—
어릿사의 추억이 있을 뿐—그러나 어릿사는 추억에 의존하지 말
라고 가르친다—사막에는 어릿사가 없다

스트리퍼가 약혼반지를 끼고
입장한다—레모네이드를 주문했지만
하는 수 없이 샌드위치로 하겠다고 말한다—
신문 파는 아이가 그녀를 붙들더니 이렇게 외친다—
"주여 자비를 베푸소서"

누군가의 캄캄한 밤의 굉음

멕시코 전체와 옛적의 명랑한 순진함으로부터 가을의 사탄이 온
다—온유함 & 야만적인 비밥 & 주차요금 징수기에 5센트 동전을
넣어야 하는 외로운 방으로부터—악명 높은 딸들의 품속으로—
바자 & 패션 잡지들에 사회적인 시를 발표하는 그들—모험을 꿈
꾸는 그들—맥주통 폴카*를 부르고 정신안정제를 먹으며 **"반미조사
위원회****는 왜 커스터***를 잡지 않았지?"라는 여자도 있고 좀더 똑
똑한 여자들은 "로버트 번스****가 어떻게 히틀러를 피할 수 있었는

---

* Beer Barrel Polka ". 제2차세계대전중에 세계적으로 유행했던 곡.

** House Un-American Activities Committee. 1938년에 창설되어 1975년에 철
폐되었다.

*** George Armstrong Custer (1839~1876). 미국 남북전쟁 당시 북군의 기병 사
령관.

**** Robert Burns (1759~1796). 스코틀랜드의 낭만주의 시인.

지 난 그걸 알고 싶어!"라고 말한다—1951년의 캔자스 시티*에 있었으면 하고 바라는 모든 힙스터 T본 머리들과 휠체어 막시스트들 & 가을의 사탄 & 그의 친구, **난 널 몰라**, 밭에서 들리는 괴로운 방귀 & 그들은 돌아와 & 모두에게 말한다 & 그리고 **난 널 몰라**가 마침내 "모든 사람에게 뭐든 다 말하는 게 무슨 소용이 있는가—모두 알리바이가 있는데?"라는 결론에 이른다 & 그리고 나서 몬타나와 아즈텍 지주들 자신이 온다—그들의 핵 동성애자 술집들이 약탈당한다 & 주교들은 흑인 죄수들로 변장한다 & 텅 빈 바르바리 해안**의 흉가들, 그곳에 관료들—헉슬리의 주변을 어슬렁거리는 공상적인 사람들—돈은 있지만 달리 갈 곳이 없는 새로운 각성자들 & 시를 쓰며 자신을 살라미 소시지라고 생각하는 전직 경찰 & 개비—텔레그래프 가에서 사는 혐오스러운 절름발이, 하지만 누가 이 얘기를 듣고 싶겠는가—정말 누가 이 얘기를 듣고 싶겠는가? "어떤 이야기든 누가 듣고 싶겠는가? 우리는 그저 한 세대의 부분일 뿐! 그냥 누추하고 더러운 부분일 뿐!"이라고 어느 날 **난 널 몰라**가 사탄에게 말했다 & 때는 가을이었다, "훌라후프 대회 같은 걸 말하는 건가?" "아니—예수가 십자가에 못 박힌 사건 같은 거!" "모던 비트***는?" "복숭아나무의 비트지" ······ 사탄과 **난 널 몰라**—그들은 뉴욕 경마장을 거쳐—모든 전형적인 부흥과 에즈라 파운드처럼 보이는 금발 남자를 지나 곧장 여름으로—겨울을 거치지 않

---

* 1951년 캔자스에 막대한 피해를 입힌 대홍수를 가리키는 것으로 보인다.
** 19세기 후반에서 20세기 초까지 샌프란시스코의 홍등가였다.
*** Beat. '박자'라는 뜻과 복숭아나무, 즉 나무 십자가를 '친다'는 두 가지 다른 뜻으로 사용되고 있다.

고—들어간다—그들이 그리도 고통받지 않는 것을 보고, 노골적
인 글을 쓰는 부류의 계집애, 크루 커트 머리의 루는 입을 벌리고
다물 줄을 모른다—헛간에서 어떤 거지가 나와 그녀의 입술에 머
리카락 한 가닥을 걸친다—시내 전차가 충돌하여 요란한 소리를
내지만……두루두루 볼 때 아무도 정말로 신경 쓰지 않는다

상공 회의소 사람들이 입장한다—
모두 수류탄을 가지고 있다—
모든 게 피로 변한다—단 주크박스,
달력——을 달고 있는 외부인,
& 그리스 건축물 그림엽서는
괜찮다……그곳의 주인이
실수로 라디에이터 위에 둔
것이다/ 이제 연극이 시작된다……모두
과거의 일이다……당신을 위해
쓰는 것만큼 내가 모욕적이지는 않을 것이다

캄캄한 밤의 굉음처럼 보인다

부엌에 있는, 날카로운 소리가 나는 매트리스 & 불가사의한 주간지 타임스―도道―손가락 끝을 턱에 대고, 무릎을 맞부딪치고 있다―도―그는 종렬한 얼굴들에게 입안을 보였다 "오늘 낮잠을 자라는 징후일까?" & 바나나를 먹고 있는 필 실버스―그는 얼굴들의 종렬 가운데 있다―도는 조용하다 & 필이 영웅 더프의 옆구리를 쿡 찌른다―에게 해의 수전노―그의 머릿속은 광대한 사막―그는 자신만만하여 촌놈들이 그의 머릿속에 시험 폭탄을 터뜨려도 그냥 내버려둔다―"사랑은 유령 같은 거라서" 더프가 말한다 "우리의 몸을 확 통과해 지나가지" 도가 안간힘을 쓴다―외설스러워 보일 지경이다 "참 대단한 편도선이군요!" 필이 말한다, 그는 긴 멜빵을 착용하며 더프에게 자신감을 유지하라고 이른다 "자신감은 기만적이야" 미스터 오툴이 말한다―그는 정조 관념이 의심스러운 남편이다 "그건 불알이 없는 자들에게 사내다운 느낌을 주지"

"자네 부인에게 젖소가 있는가?" 필이 말한다, 그는 이제 네브래스카 출신의 값싼 개신교 대사로 바뀌어 훌륭한 억양으로 말한다 "아내에게 젖소가 있느냐니, 그게 무슨 말인가?" "그럼 자네 시카고 출신인가?" 대사가 묻는다 …… 한편 도의 얼굴이 굉장히 커진다―그의 얼굴이 사라진다 "어디 갔지?" 더프가 말한다―그는 이제 영웅이라기보다는 부도덕한 사람을 몹시 싫어하는 유쾌한 젊은이로서 어쨌든 그는 학교에 있어야 한다 …… 미스터 오툴―의자에서 일어난다 "철로를 찾아야 해―철로에 귀를 대야 해―기차가 오는 소리를 들어야 해"―얼굴들의 종렬―이제 모두 함께―우적우적 먹는 듯한 소리로 일제히 외친다 **"지금 죽지 마시오"**―반복한다―"지금 죽지 마시오" …… 아무렴 & 날카로운 소리가 나는 이 매트리스와 저 불가사의한 주간지 사이에 노예 자치주가 있다―도리스 데이는 잊혀졌다 & 태평양에서 밀려오는 안개―스튜드베이커 자동차는 이제 황혼기에 들었다―꿍음―& 싸구려 술집의 문이 부서진다 & 아칸소 & 텍사스 출신의 이상한 왼손잡이 달 탐험가들 & 리드 대학교 출신으로 누드 잡지를 가지고 있는 방랑자들―포도주 저장실 & 퀸스 출신의 그들―그들은 모두 "날 봐요 도―날 봐요―난 취했어요―자, 날 봐요!"라고 외치고 …… 그 고독한 기분―마비―그 고독한 기분―또는 어릿사―우리 엄마는 바보를 키우지 않았다네*―나는 그 기분에 새로 더 보탤 것이 없다 …… 토사물을 밟고 미끄러진다―삽을 가지고 일하는 것보다는

---

* 〈My Mama Didn't Raise No Fool〉. 1950~60년대에 활동한 슈가 파이 데산토가 부른 곡을 가리키는 것으로 보인다.

낫다―불합격―거룩한 혼령주의에 축복이 있기를 & 망할 송별회―
통계학 책―정치가들 …… 얼굴들의 종렬―자 모두 다 함께―
깃발을 들고 & 거기에 난 구멍을 올려다보며―구호를 외친다 "핼
러윈 데이에요, 도가 나와서 놀아도 돼요?"―반응이 없자 더 크게
외친다―자 모두 다 일제히―**"핼러윈 데이에요 …… 도가 나와서 놀**
아도 돼요?"

포기해―포기해―배는 난파됐어.
샌버너디노로 돌아가―선원들을
조직하는 일은 그만두게―각자도생이네
―자네는 사람인가 자아인가?
해안경비대가 도착하면, 당당히
똑바로 서서 가리키게―영웅이 되지 말고―모두가
영웅이야―남과 다른 사람이 되게―체제 순응자가
되지 말고―그 모든 뱃노래는 잊어버려―
그냥 일어서서 낮고 굵은 목소리로 "샌버너니노"를
말하게 …… 모두가 그 뜻을 알아차릴 것이네

　　　자네의 후원자
　　　발정난 스모키

꿀꺽꿀꺽—단숨에 쭉
내 부름을 들어봐요 요들레이호

그는 떡갈나무 가랑이진 곳에 쪼그려 앉아 있었다—아래를 보
며—"사람들의 이름을 적으며 다니는 사람이 있네"*를 정말로 부
르고 있었다—나는 고개를 끄덕여 잘 있었느냐는 인사를 한다—
그도 고개를 끄덕여 잘 있었냐는 인사를 한다 "이런, 울 엄마 이름
도 적었네—나는 괴로웠지" 한 손에 모래 한 컵을 다른 손에는 송
아지의 머리를 들고 서 있는 나—내가 올려다보며 "배고파?"라고
하니까 그는 "사람들의 이름을 적으며 다니는 사람이 있네"라고 한
다 & 나는 "좋아" 하고 & 가던 길을 간다—그의 목소리가 골짜기
에 울려퍼진다—전화 소리 같다—마음을 아주 불안하게 한다—
"뭐 필요한 거 있어?"—나 시내에 가는 길이야" 그가 고개를 가로

---

* 〈사람들의 이름을 적으며 다니는 사람이 있네There's A Man Going Round Taking
Names〉는 복음성가의 제목으로 1944년에 레드 벨리Lead Belly가 부르기도 했다.

젓는다 "울 누나 이름도 적었네 & 그뒤로 난 다른 사람이 되었지"
나는 "알았어" 하고—신발끈을 묶고는 다시 갈 길을 간다—그러
다 다시 돌아서 "거기서 내려올 때 도움이 필요하면, 시내에 와서
나한테 말해" 그는 듣지도 않는다—"이런, 울 삼촌 이름을 적었네
& 알겠지만 아무런 잘못이 없는데" 나는 "좋군" 하고 시내로 가던
길을 계속해서 간다 …… 어쩌다 그 앞을 다시 지나가게 된 것은
기껏해야 몇 시간밖에 지나지 않았을 때였다—나무가 있던 자리
에 전구 공장이 서 있었다—"여기에 어떤 남자가 앉아 있는 나무
가 있지 않았나요?" 나는 위쪽의 한 창문을 향해 외쳤다—"일자리
를 찾고 있나?"라는 대답이 들려왔다 …… 바로 그 순간, 나는 마
르크스주의가 모든 답을 쥐고 있는 건 아니라고 결론지었다

쪽팔리는 걸 왜 그렇게
두려워하니? 너 화장실에
앉아 있는 시간이 많잖아?
인정하지 그래? 두려워하는 걸
왜 그렇게 쪽팔려하니?

　　너의 삼촌
　　마틸다

천국, 사회의 밑바닥, 덧없이 마리아

뚱뚱이 아프로디테의 엄마─나는 네 앞에 머리를 숙인다 ……
& 나의 하찮은 그림자에 있는, 섹스에 미친 영원성을 가지고─말
의 목에 손을 닦고 있는 나─트림하는 말 & 인디애나 태생의 오
빠에게 속하는 너─혁대로 너를 채찍질하는 그 & 네가 당하는 고
문에 대한 이유를 찾지 않는 너 & 나는 네 수평인 혀를 원한다─
반사운동의 범위 안에서─그 완벽한 파멸 & 벽돌공들이 내게 끔
찍한 연줄을 소개해주는 잔인한 악몽들 & 푸념하는 마르크스 형제
들[*] **나는 네 지혜가 필요 없어** & 네 넓적다리는 비몽사몽간이다 & 나
는 성서 속 인물 역할을 하는 이 연인들에 아주 신물이 아주 신물이
난다─"그러니까 네가 세상을 구원하러 나섰다 이거지? 이 사기

---

[*] Marx Brothers. 1905~49년에 걸쳐 미국 브로드웨이, 보드빌, 영화 부문에서 큰
인기를 끈 형제 다섯 명으로 구성된 코미디 그룹의 명칭.

꾼—이 괴물아! 너는 모순이야! 너는 네가 모순이라는 걸 인정하기 두려워하지! 너는 사람을 헷갈리게 해! 너는 발이 커서 네가 네 발에 밟혀 넘어질 거야 네가 헷갈리게 하는 모든 사람들이 너를 잡아 일으킬 거야! 너는 답을 몰라! 그냥 시간을 보낼 길을 찾은 것뿐이지! 그게 없으면 그냥 말라 비틀어져 아무것도 아닐 거야—아무것도 아닌 사람이 되는 게 두려운 거지—너는 거기에 휘말린 거야—꼼짝 못하게 되었어!" 나는 성서 속 인물 역할을 하는 이 연인들에 아주 신물이 난다—그들은 피마자유 같아—광견병 같아 & 이제 난 네 눈을 원해—알맹이는 하나도 말하지 않고 내 마음을 공백으로 채우는 너 **난 네 눈을 원해** & 네 웃음 & 너의 예속을 …… 술에 취한 모험은 없으리—나는 은밀한 이집트인—더이상 나를 속일 수는 없어

안녕—방금 도착했음—끔찍한 여행—
흰 쥐를 가진 어떤 작은 사람이
줄곧 나를 쳐다봤어—그런데 젠장
잘생겼더라고—주변에 잘하는 변호사
좀 없어? 너한테 금방 갈게—
먼저 뭐 좀 먹어야겠어
　　　　너의 진실한
　　　프로기

평화주의자의 펀치

귓바퀴 피위, 그의 입은 신용카드처럼 생겼다―그와 살집 제이크―페코스* 출신의 샌디 밥과 함께―그들은 위치토폴스**와 엘 카미노 레알*** 사이의 어딘가에 있는 물가로 코끼리를 데려가고 있다―늦은 시간이다 & 사이공에서는 아직 아무런 전갈이 없다―제리 맥보잉-보잉****의 딸―뚱보 라이자―재미 삼아 포크송을 연주하고 밥벌이로 프랑스어를 하는 덴버 출신의 흑인 주술사 구스 존 헨리 소유의 2달러짜리 지폐를 타고 나타난다―이어서 오는 사람은 음험한 경찰 브라운 댄―그는 황소개구리를 죽이기를 좋아한다

---

* Pecos. 미국 텍사스 주의 도시.
** Wichita Falls. 텍사스 주의 도시.
*** El Camino Real. 캘리포니아 주 샌디에이고 지역에서 샌프란시스코 베이 위까지 남북으로 이어진 965km 길이의 도로.
**** 〈Gerald McBoing-Boing〉. 1950년에 나온 단편 만화영화의 표제이자 주인공.

& 그의 상관은 그에 대해 계속 이렇게 말한다 "그 친구 무릎이 안 좋지만 뛰는 걸 봐야 해, 강가에서 연애하는 중국 놈들을 쫓으려 뛰어다니는 걸 봐야 해"―아무튼 브라운 댄―그가 그의 조수와 함께 외부인들을 노리고 기웃거리며 나타난다, 리틀 스틱이라고만 알려져 있는 조수는 불에 그을린 모자 고정용 핀과 비상용 생리대 두 개를 가지고 다닌다 …… 그들이 어부의 난쟁이 같은 터에서 동료들과 우연히 마주친다 …… 용접공 짐 간디가 그의 집 창가에서 그것을 내려다본다―& 소리를 지른다 "자, 그만, 이 개자식들아―가 버리든가 영원히 입 좀 다물어라" 바로 그때 계집애가 가랑이를 벌려 교차로에 땅벌 씨 기름을 흘리지만 아무도 재채기를 하지 않는다―그녀는 자기 아버지가 누구인가에 대하여 소리지르기 시작하지만 그것도 효과가 없다 …… 그녀의 비대한 2달러짜리 지폐가 총에 맞아 떨어져 죽는다―"텍사스 엉덩이의 기旗가 네게 걸려 있다" 짐 간디가 소리를 지른다 & 계집애가 즉시 산으로 간다―샌디 밥의 사촌 샌디 슬림을 태운 **XKE***가 다가오는 순간 피위가 쿠키를 떨어뜨린다, 샌디 슬림은 모든 사람에게 그가 찍은 나세르**의 사진들을 보여주며 "기다려 이 친구들아, 난 이런 것들에 대해서는 다 알아―에드셀*** 공장에서 일한 적이 있거든" 그 혼란을 틈타 리틀 스틱이 흰 코끼리를 훔친다 …… 아무도 눈치채지 못한다―브라운 댄마저―그는 쇠톱으로 살집 제이크를 때려 죽이느라 바쁘다―전

---

* 재규어 XK-E. 1961~75년에 걸쳐 생산된 영국산 스포츠카.
** 이집트의 정치인 가말 압델 나세르(Gamal Abdel Nasser,1918~70)을 가리키는 것으로 보인다. 그는 1956년에 대통령이 되어 근대화 개혁에 크게 공헌했다.
*** Edsel. 1958~60년에 걸쳐 포드 모터사가 생산한 대형 승용차.

반적으로 베트남의 상황은 매우 충격적이다

그나저나 남의 시선을 끌고 싶어하는 사람이 어디 있어?
너만 그래, 넌 네 마음에 드는 것만 믿잖아,
셀로니어스 베이커를 나쁘게 말할 수도 있고—
신문에 그의 이름이 난 것 말고 그가 너한테
뭘 어쨌길래 그래? 모든 사람이
너 대신 얼간이를 선택하고 싶어해—
사소한 이 모든 것에 신경 쓰지 마—
모두 사라질 테니—큰 것을 생각해라—
징조를 봤잖아—그래도 대체로 너는
꽤 괜찮은 녀석이야—건전하게 지내—
머리 깎는 데 돈을 낭비하지 마—
드러그스토어에서 보자

　　　너의 전하,
　　　떠돌이 일꾼 검보가

신성한 목쉰 목소리
& 짤랑짤랑 아침

자 어서—신령스러운 발라드여 고동쳐라—아 그것은 뇌리를
떠나지 않는다 & 토케이여 미친 듯한 맥박처럼 조바심하라—어
린이의 미친 듯한 맥박처럼—인도 전역을 방랑하는 홍안의 시인
들 주위를 돌며 윤무輪舞하는 어린이들의 맥박처럼—당신의 이름
을 틀리게 부르고 당신을 상처 입은 새끼 고양이라고 칭하는 마술
사들—그러는 것은 그렇게 쉽다, 그들은 동화를 …… 선법旋法 조
율*로 이루어진 동화를 모르기 때문이다—디디고 설 다리가 없는
폰티악 자동차가 주차되어 있다—풋내기 전염병—블루스 차원에
서 개혁 운동을 벌이고 있는 그—폰티악 자동차를 얻어 타고 히치
하이크하며—고속도로에 대해 깊은 생각에 잠겼다가 조커를 찾아

---

* Modal tuning. 기타 조율법으로 단조도 단조도 아닌 코드를 만들기 위해 사용된
다. 쉬운 코드를 만들 수 있고 개방현으로 지속적인 저음을 냄으로써 독특한 소리
를 낼 수 있다

본다―혹은 어쩌면 악마의 여덟 드러머를 찾아보는지도 "열의는 집어치워라!" 전염병이 말한다 "그건 모두 일시적이야! "그런 건 개나 줘!" & 맥주 1쿼트를 가지고 장난하는 로드 랜들*―판사를 싫증나게 하는 패니 블레어**―시내에 나갈 때 난로 연통을 머리에 쓰는 바보 제임스 경과 함께 잭나이프를 가지고 자기 손가락을 세는 제화공 윌리 무어―산울타리를 다듬는 일로 생활비를 버는 에드워드와 함께 한밤중에 몰래 교회 뾰족탑을 자르려고 하는 매티 그로브스*** & 마지막이지만 똑같이 중요한 인물로―바버라 앨런****―그녀는 한 달에 두 번 모로코산 잉걸불을 브루클린으로 밀수입하고 참회의 수의를 입는다―그녀는 페니실린 주사를 많이 맞는다 "일시적인 것은 무엇이든 돈과 관계된 이유로 사용될 수 있다"라고 전염병은 말한다 & 이 모든 사람들―그들을 뭐라고 불러도 좋다―그들은 그를 믿는다―어제 나는 사십 분 동안 애브너와 이야기했다―애브너, 그는―이스트 텍사스, 토마토, 대중음악 관계자들을 저주했다―그는 내게 말을 걸지 않았다―거울을 마주보고 말했다―나는 나 자신을 깨뜨리거나 산산조각 낼 용기가 없었다 ……

---

* 〈Lord Randall〉 스코틀랜드의 발라드로 애인에게 독살당하는 젊은 영주의 이야기를 담은 노래
** 〈Fanny Blair〉. 실화를 바탕으로 한 19세기 영국 발라드. 강간을 당한 패니 블레어라는 11살 난 어린아이가 법정에서 증언하는 내용이 포함되어 있다.
*** 〈Matty Groves〉. 불륜을 저지른 여자가 남편에게 발각되어 애인과 함께 살해당한다는 내용의 영국 민요.
**** 〈Barbara Allen〉. 스코틀랜드의 전통 민요. 노래는 바버라 앨런이 비탄에 젖어 그녀의 사랑을 구하는 청년의 병상을 방문하지만, 과거에 자기를 무시했다는 이유로 끝내 그의 구애를 받아들이지 않는다. 그는 머잖아 죽고, 바바라 앨런은 그의 장례식 조종이 울릴 때 비탄에 젖어 죽는다는 내용이다.

나는 그를 떠났을 때 퍼프를 만났다―퍼프는 실직, 리글리 스피어민
트 껌, 라블레 욕만 했다―나는 내 뺨을 때렸다―그는 나더러 미쳤
다고 했지만 나의 유감은 단 하나, 내가 입으로 방귀를 뀔 수 없다
는 것이었다―나는 싸구려 잡화점으로 들어갔다 …… 나는 형언
하기 힘든 미친 마이크와 성대한 꽃 잔치 이야기를 하는 것이다―
그건 엉터리 환상이기는커녕 우호적인 어둠이었다―그 어둠―너
의 힘을 보라―그 어둠, "등뼈의 꿈과 자아의 결혼" 풋내기 전염병
이 말했다 & 우리는 그에게 유개화차를 사준다―병적인 흥분―병
적인 흥분의 멜로디―이것은 인생을 존재할 만한 것으로 만들어줄
모든 소리―침묵의 소리를 제외한 소리―를 제안하는 음악과는
대조적이다 …… 후디니 & 나머지 평범한 사람들이 61번 고속도
로에 내걸린 주름진 예수 포스터들을 떼고 있고 미다스는 그것들을
도로 붙이고 있다―클레오*가 보좌에 풀썩 주저앉는다―뚱뚱하기
때문에 풀썩 주저앉는 것이다 …… 이 땅은 당신의 땅 & 이 땅은
나의 땅**―아무렴―그러나 세상은 어쨌든 음악을 듣지 않는 자
들이 지배한다―"열의는 전등이 있어야 들리는 음악이지" 전염병
의 말이다

　　미안한 말이지만 자기야 너 **사실은** 정서 불안이지?

---

* 1961년 에딘버러 페스티벌에서 오페라 발레극 〈일곱 가지 죄악The Seven Deadly
Sins〉의 프리마돈나였던 클레오 레인과 고대 이집트의 클레오파트라 여왕이 오버랩
된다.
** 〈This Land is Your Land〉 우디 거스리가 작사한 1940년 포크송.

뭐냐 하면 가령 사람들이 **실제로** 너한테
사바치헤드 다아필드 같다고 말한다고
치자…… 모두가 그를 읽고 파악한 뒤에
그에게 무슨 일이 생겼는지 너 알잖아—
그래 곧장 책꽂이에 꽂혔지 …… 말 조련사나
좋은 근심스런 머리를 부릴 수 있으면
말해……

　　　　너의 푸주한

　　　　쇼티 쿠키

프로파간다 과목, 낙제

위장 장애가 있는 이상한 남자들 & 그들의 핀업 걸들: 들쥐 젤다—사기꾼 베티 & 무희 볼케이노—그들이 온다—그들이 절망하고 예배당에 가 우는 것이 목격되었다—사람들은 다 많이 운다고 말하는, 그들의 친구—그는 의회 사람이며 스냅사진들을 가지고 다닌다—그의 이름은 타팡가 레드—**L.A.**에서는 싹쓸이로 알려져 있다—그는 기침을 많이 한다—아무튼 그들이 들어온다—아주 이른 시간이다 & 그들은 각각 검은 잡종견을 달라고 한다—제니가 "훔칠까?" 하자 방금 산에 갔다 온 어린 소년이 "저 사람들 경찰이네!"라고 말한다 & 소년은 서커스단에서 냄새 맡는 법을 배웠다—제니는 자리에서 일어나 핀볼 기계로 간다—수증기가 짙어진다—들쥐 젤다가 검은 잡종견을 하나 더 주문한다—따끈하게 덥혀줘요—한 남자가 그녀의 얼굴 앞에 대고 시계를 흔들거린다 "늦었어—젤다 베이비—늦었어" & 젤다의 얼굴이 일그러진다 &

그녀가 말한다 "난 알레르기가 있어요"—찌르릉하는 소리가 울린다 & 그녀가 말한다 "오 저거 봐—저기 쟤가 공짜로 볼을 받네"—한 남자가 제니의 주의를 끌려고 "무슨 문제 있어?" 하고 묻자 제니가 대답한다 "응—오벌 포버스*에게 대체 무슨 일이 생겼어?" & 그가 급히 그 이야기를 집어치운다—눈이 퉁퉁 부어오른 그는 뜨거운 검은 잡종견을 밀어 가엾은 젤다의 옷에 떨어뜨린다—그리고 하나 더 원하느냐고 물어본다—창문에 대고 말하고 있는 어떤 사람, 득점 올리기에 여념이 없는 제니, 목젖처럼 생긴 남자를 제외한 모두가 포복절도한다—나는 그가 사기꾼 베티의 남자라고 생각한다—그가 자기 걸상으로 지나간다—볼케이노—그녀가 그를 내셔널 인사이더 신문으로 싼다—모두 그를 읽는다—제니는 핀볼 기계를 한쪽으로 기울이고 있다—그는 죽었다—바로 그때, 그 의회 사람이 루거 권총을 뽑아들고는 전쟁중에 독일 놈한테 받은 것이라고 말하지만 그건 새빨간 거짓말이다, & 그는 바비큐 비프 간판에 위협사격을 가한다 …… 라디오에서 미국 국가가 흘러나온다—다음날, 머리에 거북이를 이고 양손을 허리에 댄 채, 등뼈가 탈구되고 있는 젊은 방화범이 동편에서 당나귀를 몰고 가는 나를 본다—"간밤에 자네와 제니가 함께 있는 걸 내가 봤는데—둘이 뭐 있어?" 그래서 내가 "이런 세상에, 어떻게 그런 걸 물어볼 수 있나? 중국에는 어린아이들이 굶주리고 있다는 것도 몰라?" 하자 그가 "그렇지, 하지만 그건 간밤의 일이고—오늘은 새로운 날이잖

---

* Orval Faubus(1910~94). 미국의 정치가로 아칸소 주 주지사(1955~67)였다. 인종차별 정책 폐지에 힘썼다.

아"& 내가 "그래―아무튼 그거 참 유감이군―난 제니에 대해 자네에게 아무것도 할말이 없어" 하자 그가 나더러 바보라고 하기에 내가 이렇게 말했다 "자, 내 당나귀 받게, 그래서 기분이 조금이라도 나아진다면―난 어차피 영화 보러 가는 길이니까" 오 분 후면 러시아워가 시작된다―3번가에서 이상한 물물거래가 이루어진다―슈퍼마켓이 영양실조로 폭발한다―영양실조에 신의 축복이 있기를

밥 호프가 뭐라 하든 알게 뭐야―내게
실질적 도움이 전혀 안 되는데―존 웨인*이
암을 이겨냈을지 몰라도
그의 발을 봐―할리우드 사람들이
뭐라 하든 다 잊어버려―
그들은 모두 인디언들한테 죽을 테니까―
네 꿈속에서 보자

애정을 담아,
플라스틱 맨

* John Wayne(1907~1979). 미국의 배우, 감독, 프로듀서. 1964년 폐암 진단을 받고 성공적으로 한쪽 폐와 늑골 네 개를 절제하는 수술을 받았다.

일요일의 원숭이

횡 & 그가 문밖으로 내던져져 트럭 위로 떨어진다―그는 모빌
오일 공급 노선 어딘가에 내린다 & 그는 "전쟁은 잘돼가고 있지―
그렇잖은가 흰둥이?"라고 말하고 금방 친구를 사귄다 …… "친구
가 있다는 건 좋은 일이야 안 그런가 얼간이 친구?" 이것으로 관계
는 더욱 공고해진다 & 그들은 함께 경마 기수의 남자 비서를 두들
겨 팬다 …… **언터처블**― 그들은 프랑스의 거리를 돌아다니며 개
들을 독살한다 & 그들은 귀국해서 무공훈장을 받는다 "얼간이 괴
물아 훈장을 받으니까 좋지?" 그들은 서로 떨어지지 못한다 이 두
친구들 …… 그들은 종교 집회와 대학교 모임에 초청 강연을 나
가다 드디어 루트비어 산업 이사회의 임원이 된다 "똥 같은 녀석
아 루트비어를 마실 수 있는 대로 다 마실 수 있으니 좋잖아?" 깨
질 수 없는 **절대적 유대** …… 그러던 어느 날 둘 중 하나가 자기는
아무런 발언도 하지 않고 있었다는 것을 깨닫는다 …… 그 점에

대해 묻지만 아무런 응답이 없자 그는 친구와 동네의 불량 청소년을 죽인다―그는 구십 년 형을 받고 교도소에 수감된다 …… 존 휴스턴*이 아니었더라면 모든 것이 간과되었을 것이다―& 다름 아닌 정말 존 휴스턴―그는 그 사건을 가지고 이름을 모두 바꿔서 성서 관련 영화를 만들었다―물론 줄거리에는 루트비어 매점에 관한 이야기도 전혀 들어가지 않았다―그것 말고는―완전히 지루한 영화였다 "모빌 부분이 나오기를 기대했는데"―프린세스 말했다 "모빌부분이 나오기를 정말 기대했는데"―프린세스는 원숭이다― 그녀는 일요일에는 대개 영화를 보러 간다

봐봐 이 개자식아―나는 한낱 버터 조각가일 뿐일지
몰라도, 네 칭찬이 보상이라는 생각으로
이 일을 계속하지 않겠어―
그런데 너는 무슨 자격이 있지? 우리들
버터 조각가들에 대해 말하는 것 빼고,
네가 하는 일이 대체 뭐야? 버터 조각을 하는
기분이 어떤지 알아? 실제로 주변에 버터를
줄줄 흘려가며 환상적인 가치가 있는 무엇을
창조하는 기분이 어떤 것인 줄 알아? 네가 그랬지,
내 작년 작품 "왕의 냄새"가 훌륭했다고 & 그런데
그후론 그만한 작품을 내지 못한다고 하는데―

---

* John Huston(1906~1987). 미국의 영화감독.

도대체 누구한테 그러는 거야? 너는 실제 생활에
무언가 하는 일이 있는가 보구나—네가 어제 본
"원숭이 맛 감식가"란 제목의 작품을 칭찬한 건
나도 알아, 그것의 의미를 너는 "아프리카 여자만
좋아하는 젊은이의 모습을 버터로 조각한
좋은 작품"이라고 했는데, 너는 바보야—그건 전혀 그런
의미가 아니야 …… 난 이로써 너의 정신장애와는
전혀 얽히고 싶지 않아—네가 내 작품을 전혀 이해하지
못한다는 것을 이제 아니까 네가 어떤 평가를 하든
난 정말 조금도 신경 안 써 …… 이제 가야겠다—욕조에
새 마가린 덩어리가 준비되어 있거든—맞아
마가린이라 그랬어 & 다음주에는
크림치즈를 쓸지도 몰라—& 네가 내 실험을 어떻게 생각하든
난 개의치 않아—넌 너무 진지해—
그러다 위궤양이 생겨 병원 신세를 지겠어—
너는 병문안이 금지된
병동에 들어갈 거야—그리고 미쳐버리겠지—
난 정말이지 더이상 상관 안 해—
네 방식과 규칙들이라면 아주 진절머리가 나
그래서 이제부턴 너와 말도 안 할지 몰라—이것만
명심해, 버터 조각을 평가한다는 것은
너 자신에 대한 무엇을 말하는 것임을, 그러니까
그냥 네 이름만 서명하는 게 좋을 거야 ……
킬러 부인의 케이크 축제에서 보자,

네가 운이 좋다면 말이야

너의

떠돌이 제설차

p.s. 넌 내 친구잖아 & 너를 도와주려는 거야

충돌

보스, 사람들이

당신으로 하여금 변기―그들의 변기―속에서―

바라보듯 사물을 보도록 하는 방식이

끔찍하지 않나요!

이 가학적 간호사들―그들이 말하는 걸 보면

나를 손가락 취급해요―

나는 이 침대에 무방비 상태로 누워 있어요 &

옆방 사람―그는 **줄루족임이**

틀림없어요―의사들이 그를

아주 싫어하죠

& 그는 찾아오는 사람이 없어요―

수녀님은 그가 반종교적이라고 하지만

내가 보기엔 그냥 구토증이 심한 건데 그러네요

보스, 오늘 아침 시체 셋이

실려 나갔어요―**레이디 에스터** 말로는

모두 사냥터로 갔답니다―

크로니가 그러는데 어차피 별로
값어치가 없었대요 & 세인트 엉터리는
아브라카다브라라고 말했어요―레이디 에스터는
청소부입니다 & 그녀는 내가 잠에서 깨 보니
대걸레로 침대들을 닦고 있더군요……
창가에 양초 흘린 자국이 있었는데―
크로니가 그건 손대지 말라고 했는데

복도에 "정숙"이라는 표지판이 걸려 있어요―
그것은 아무도 기다리지 않아요―인간과
표지판의 차이는 바로 그것인 것 같아요

내가 그에게 "그들이 당신을 죽일 거야" 하니까
그가 "아니" 하기에 내가 "그들이
당신을 죽이지 않으면 당신이 스스로 죽겠지" 하니까
그가 "자네 예의가 바르지 못하군 &
난 교회에 다니네 & 아무도 나를 죽이지
않을 걸세" & 그때 낙하산을 착용한 사람들이
들어오더니 그에게 박하 향기를 맡게 하고
공작새 깃털을 한 개 주고는 그의 목을
갈랐어요…… 창밖을 내다보니
어떤 차가 와서 멈추더군요―
그 차에 **"투표해, 염소야"***라는
범퍼 스티커가 붙어 있었어요 & 어떤 남자가 내려서

도어매트에 신발 바닥을 문질렀어요—
이솝 우화집을 가지고 있더군요
& 그때 레이디 에스터가 다시 들어와
어지럽혀진 것을 청소했죠—나는
라디오를 틀었지만 거기서 나오는 것이라곤
뉴스밖에 없었어요

보스, 페르시아 원숭이를 가진 여자가
뒷골목 원숭이를 가진 다른 여자를
대하는 태도가 고약하지 않아요?
간밤에 클로데트가 들렀어요—
그녀는 원숭이를 기르지 않아요 & 그녀는
원숭이를 가질 수 없었죠—그때 동시에 간호사가
들어와 이러더군요 "밖에 비가 아주
억수같이 와요—당신에게는 감당이 안 될
정도인가요 아하하?" 그 여자를 집어삼키고 싶었어요

오늘밤 빌어먹을 재봉사 스트로베리와
춤을 추는데—내가 그녀의 머리는 필요할 경우
달걀처럼 깨질 거라고 하니까
그녀가 나를 저주하더군요—만일 그녀에게 고맙다고 하면

* Vote, Goat. 두 단어의 라임을 살린 선거철의 장난스러운 캐치프레이즈. 염소는
'바보', '희생양'을 의미한다.

나를 창녀라고 하고, 그러니 헤어날 길이 없어요 ……
내 마음은 주방에서 일하는 사람들한테 가 있지만
그들이 거미를 잡아 다리를 뜯어내며 웃는 걸 보면—
대개 정신을 차리게 돼요 …… **아인슈타인**을 칭찬하는 사람들에
아주 넌더리가 나요—부르주아 망령들—
영웅적인 애도에도 신물이 나고요

여기서 나가는 즉시
혈액 은행에 들러
인출을 하려고 해요 &
그리스에 갈 겁니다—**그리스**는 아름다워요
& 거기선 아무도 나를 이해하지
못하죠

한쪽 눈이 의안인 관리인—
괜찮은 사람이에요—최소한
쓸데없는 참견은 안 해요—그가
그러는데 **셰익스피어**의 선조들은
인척들에게 죽었대요—& 그래서 이제
자기 형제들은 **셰익스피어**를 읽지 않으려 한대요 ……
그는 소를 타고 교회를 다녔었는데
소를 팔았다는군요 ……
관리인, 괜찮은 사람이에요 …… 레이디
에스터는 그가 절대로 대단한 사람이

못 될 거라지만 나는 이제
레이디 에스터와는 말을 안 해요&
어쨌든 그녀가 의안을 낀 사람들에게 대해
뭘 알겠어요?
내 마음에 무덤 파는 사람들이
밤새도록 달라붙어 있었던 것 같은
기분이에요 …… 내일
운이 좋으면 아침식사는
천국에서 하겠죠 …… 어떤 말도 안 되는 낚시 바늘이
내 방 창문을 통해 들어와 흔들거리고 있어요―
일어나 이마로 걷는 편이 나을지도―
티켓을 몽땅 잃는 편이 나을지도 ……
이 낚시 바늘이 자신을 표현하고 싶어하는
만큼이나 나도 간절히 무언가
바라는 게 있었으면 좋겠어요

친애하는 의원님
우리집에 관한 건데요―얼마 전에
길에 면한 쪽에 시럽 회사의 상품을
광고하기로 계약했어요―처음엔
그리 나쁘지 않았는데 그들이 곧
다른 쪽에 광고를 하나
더 붙이더군요―그것도 개의치
않았는데, 이번에는 시럽 캔들을

155

품에 안고 있는 여자들 사진을
창문마다 온통 붙였습니다―그 대가로
그 회사는 내 전화 & 가스 요금을 대신 내주고
애들 옷을 몇 벌 사주었어요―내가 우리집에
햇빛이 좀 들게 해주면 뭐든 다 하겠다고
시의회에 말했더니 그 회사가 **그랜마 워싱턴**
시립이라서 그 회사의 기분을 상하게 하면
안 된다고 하더군요 & 사람들은 그걸 헌법과
관련시키는 경향이 있는데 …… 이웃들은 저를
전혀 도와주지 않아요, 우리집에서 광고를 떼어내면
자기들 집에 붙을까봐 그런 거죠
& 아무도 자기 집이 우리집처럼 보이게 되는 걸
원치 않아요―그 회사는 우리집을 사서
영구적으로 대형 광고판으로 쓰려고
매매 제안을 했지만, 어떻게 **그럴 수가**,
여기는 내 고향인데 말이죠 & 처음에는
거절해야 했습니다―그런데 그들이 그러는데
이제 흑인들이 우리 블록에 이사를
온다고 합니다―보시다시피 현재 상황이
별로 좋지 않습니다―큰아들은 군에 가 있어서
도움이 되지 못하고요―의원님이 유용한
제안을 해주시면 고맙겠습니다―
감사합니다

당신의 충성스러운
폭탄 조르바 올림

카우보이 에인절 블루스

그동안 텍사스─아름다운 텍사스─에서 프로이트가 서성거리고 있다─장화 때문에 애를 먹고 있다 & 베르무트를 마저 마시려고도 한다─"유감이지만 잘못 알고 있군, 클랩 군─내가 자네라면, 논의를 그만두고 어머니를 위해 그 나무들을 베어버리겠네─어쨌든 우리 모두의 내면에는 어머니가 조금씩은 다 있네" "그렇지만 제가 왜 그런다고 생각하세요? 어머니가 그 나무들을 베어버리라고 할 때마다 제가 왜 일부러 제 침대에 불을 지른다고 생각하세요? 왜 그럴까요?" "그렇군─그런데─클랩 군─그건 어쩌면 자궁의 부름일지도 몰라─뭐랄까─어쩌면 자네가 어렸을 때, 나무가 넘어가는 소리를 들었는데, 그 소리가 **구우우우우웅** 같은 소리였을지도 & 이제 나이가 들어 그 소리를 들을 때마다─물론 그 소리는 다른 형태일 수 있겠지만─자네는 그냥 침대에─말하자면─불을 지르고 싶어지는 것이지" "그렇군요, 논리적인 것 같군요―고맙습니다―이제 가서 그 나무들을 베어버려야겠다는 생각이 듭니다""아, 하지만 명심하게―숲에서 아무런 소리 없이 쓰러지는 나무에 귀를 귀울이는 사람은 없다는 것을!""그렇군요―그런데―제가 거기에 있을 겁니다―더이상 제 침대에 불을 지르지 않을 겁니다""그래―어떻게 되어가는지 나한테 알려주게 & 무슨 극단적인 일이 생기면―자 여기―이 알약들을 가져가게―그건 그렇고, 자네 어머니를 '스텔라'라고 부르는 게 좋아, 그냥 자네가 진심이란 걸 보여주기 위해서 말이야―참, 그 일을 하는 김에 내가 쓸 장작을 좀 잘라다주겠나?""네―알겠습니다―다시 한번 감사합니다―실례지만 선생님―장화에 무슨 문제가 있나요?" "아니―아니―다리에 털이 좀 많아지고 있는 것뿐일세―그뿐이야" …… 이 아름다운 텍사스로 돌아가라 & 저 암소를 바꾸지 말라―불타오르는 코퍼스크리스티*―좀도둑들―구더기들 & 아들과 돈을 거래하는 백만장자들 & 옛일을 생각하는 얼간이들―흑인 집시 여성 & 버디 홀리 그 자신, 각각 리 마빈이 앙상한 지평선에 비추어 보인 탱크 & 공허 속으로―아라비아의 터무니없는 책에 나오는 **화려한** 사십 인의 도적들과 산초 판사는 기억되고 & 말콤 엑스**는 잡힌 물고기처럼 망각되는 곳 & 의아해하라―도대체 무엇을―도대체 그것이 무엇을 의미하는지 …… 애처로운 러브타운 & 우는 어른들―바람은 여기에 닻을 내린다 & 누구든 그들의 눈물이나 강물을 휘저으면 안 된다―버려진 욕조에서 목욕을 하지 말고 전기 약

---

* 미국 텍사스 주 남부의 해안 도시.
** Malcolm X(1925~1965). 미국의 흑인 인권운동가.

초를 혼합하라 & 장대한 백색의 산을 지키는 파수꾼이 되어라 ……
펑키 페드라—방해하지 마시오 표지판 & 노래하는 블랙 에이스*의 중
심에 있는—그녀는 그릇에 돈을 채우려고 노력한다—그녀는—
항간에 떠도는 말에 의하면—오래 못 살 것 같다—그녀의 발치에
있는 견습 어릿광대 톰보이—그는 직업상으로는 거친 래빗으로 알
려져 있으며 집에서 만든 스틸 기타를 연주한다—취했을 때는 실
제로 그것을 깨문다—욕심쟁이 위프는 그 해프닝을 주저앉은 암말
위에서 보고 있다 & 훔친 그의 지명수배 포스터 중 한 장으로 담배
에 불을 붙인다 …… "사랑은 황홀해"라고 말하는 페드라—펑키 페
드라—래빗은 아무 말도 하지 않는다—욕심쟁이 위프는 "해봐요 아
가씨!" 페드라는 "사랑은 근사해" 욕심쟁이 위프는 "여보세요, 꼬셔
봐요!"라고 말한다—페드라가 카우보이 모자를 벗는다—토끼 다
섯 마리 & 구멍투성이의 니켈 공이 튀어나오더니 토끼 중 한 마리
가 "라오스는 어느 쪽이죠?" 하자 욕심쟁이 위프가 "대단한 마술이
군!"이라고 말한다—페드라는 "사랑은 그 미끄러지는 듯한 느낌이
오" 욕심쟁이 위프는 "이크! & 난 빈틈없는 사람이 될 거요!" 페드라
는 "사랑은 온유하고—감미롭고—크림 같아요"라고 말한다—그
녀는 이제 베개 싸움을 벌이고 있다—그녀의 무기, 매트리스—
그녀는 버려진 마시멜로를 밟고 서 있다—그녀의 상대, 높은 시
에라 산에서 떨어졌는데 살아난 어떤 유니테리언파 교도 & 그는 파
쇼 요구르트 1파인트를 들고 있다 "사랑은 야만의 일요일에 줄무
늬 암말을 타고 주지육림의 평원을 달리는 것이오" 견습 어릿광대

---

* Black Ace(1905~1972). 미국 블루스 가수, 기타리스트.

거친 래빗이 비명을 지른다―그것은 그가 그날 처음으로 한 말이
다 & 그는 이제 머뭇거린다―한편―페드라는 싸움에서 지고 있
다―"물론이지" 욕심쟁이 위프가 말한다 "& 그러고 나서 그 암말은
결국 요것처럼 되지―그러면 팔은 삼각붕대에 걸고―발은 금고
에 넣어두고―낙타를 위해 일하는 직업을 가지는 거야, 어때?" 페
드라―싸우다 완전히 녹초가 된 그녀가 기어서 돌아온다―래빗을
붙든다―그의 셔츠를 벗긴다―그의 팔을 등뒤로 비튼다 & 그를
풍차로 집어던진다―욕심쟁이 위프는 파드리스*에게 불시의 습격
을 받는다 & 모든 지명수배 포스터들이 미국 전역으로 날아 흩어
진다―암말은 압수당하고 보석 없이 구류된다 …… 한편 클랩 군
은 프로이트를 다시 찾아간다 "부자들만 선생님께 상담을 받을 여
유가 있습니다" 클랩 군이 말한다 "부자들만 모든 예술을 사들일 여
유가 있고요―세상 이치가 그렇지 않나요?" 이에 프로이트가 "그
건 늘 그래왔지 않은가?" 하자 클랩 군은 "아 그렇죠" 하며 한숨을
쉰다―"그건 그렇고―어머니는 좀 어떠신가?" "네 괜찮으세요―
있잖아요, 어머니의 이름은 예술입니다―돈을 많이 벌죠" "그래?"
"네―어머니께 선생님에 관해서 다 말씀드렸어요―언제 한번 저
희 집에 오세요" "그러지" 프로이트가 마사 레이** 식으로 싱긋 웃었
다 "그러지―어쩌면 그럴지도" …… 페드라가 주먹으로 물을 탁탁
치고 있다―뱀에 물린 상처들을 긁으면서―도주 차량이 지나간

---

* San Diego Padres. 1936~68년에 마이너리그인 퍼시픽코스트 리그의 구단이었
다. 1969년에 메이저리그로 편입되었다.
** Martha Raye(1916~94). 미국의 코미디언, 가수.

다, 그 안에 탄 사람은 브래저스 강* 유역의 거짓말하는 사냥꾼들—각자 릴리 세인트 시어**의 누레진 사진을 가지고 있고, 창문을 홀끔거리는 두 명의 애엄마들—추가 주문한 베이컨—덱세드린을 잔뜩 맞고 소외된 고액 계약금의 스포츠 선수들—얼굴에 접시를 단 화가—바벨 한 개—담배를 피우며 천사를 먹고 있는 드라큘라와 치타의 유령, 쩐레수언,*** 브라이디 머피****가 모두 함께 치약 속에 포장되어 있다—마술 지팡이 한 상자 & 무고한 행인…… 두말할 나위 없이—차에는 더이상 남은 공간이 없다—페드라가 인상을 찌푸리고 큰 소리를 지른다 "사랑은 **완전히 미쳐가고 있다**" & 깨지는 포도주병—폭발하는 텍사스 & 해변의 저녁식사—완벽한 이목구비를 갖춘 함장들—그들이 목격된다—그들이 트럭 운전사들에게 목격된다—트럭 운전사들이 납치에 대해 호소한다 & 함장들이 종마를 타고 울부짖는 멕시코 만으로 달리는 것을 목격한다 & 여기 페드라가 온다 "사랑은 완전히 미쳐가고 있다"…… 그녀는 클랩 군 옆에서 걷고 있다—그는 웃고 있다—모자를 뒤집어쓰고 있다—좋은 과일을 먹고 있다—**그는 정녕** 괜찮으리라—클랩 군—그는 괜찮으리라

---

* 텍사스 주를 관통해 멕시코 만으로 흘러 들어가는 강
** Lili St. Cyr(1918~99). 미국의 유명한 스트리퍼.
*** Madame Nhu (1924~2011). 남베트남의 영부인 역할을 한 여성이다.
**** Madame Nhu(1924~2011). 남베트남의 초대 대통령 응오딘지엠의 제수로, 1955년부터 1963년까지 영부인 역할을 했다.

버즈에게

나는 성경책 값을 30프로 인상했으면 좋겠어—

가격 인상을 정당화하기 위해, 성경에 헤어브러시를

사은품으로 주면 좋을 거야—또한 초콜릿 예수를

남부에서는 팔지 않았으면 좋겠네……

한 가지 더, 세상의 종말 게임에 관한 건데—

세균전을 포함시키면 가격을 두 배로 받을 수 있을 거야—

여긴 상황이 좀 험악해—회사가 혼란에 빠졌어—

비서는 완전히 녹초가 되고—대통령 사진이 어떻게 됐는지

알아? 어떤 장난꾼이 사진 원판에 귀걸이를 그려놨지 뭐야

& 어쩌다 그게 제작팀에서 걸러지지 않았지—

두말할 나위 없이 그걸 여기서는 처분할 수 없으리란 게

명백했어, 그래서 우리는 그걸 몽땅

푸에르토리코로 보내버려야 했네—

그렇지만 결과적으로 잘됐어—거기 배본사 사람들이 그러는데

아주 불티나게 팔렸다는군…… 토마토 양파 상추가 들어간 햄버

거의

판매 속도와 거의 같다더군—참—내가 말하려고 했던 건,

'나는 당선자에게 투표했다' 버튼 배지를 삼각형으로 만들면

좀더 잘 팔릴 것 같네…… 그건 그렇고, 내가

'나는 비틀스를 먹는 사람이다' 손수건을 영국이 아니라

도미니카공화국에 보내라고 분명히 말했잖아—

자네 실수를 좀 저질렀어, 이 술 취한 친구야.!

내가 말했듯이, 회사는 혼란에 빠져 있어—

신입 사원이 한 명 들어왔는데 곧장
정수기로 넘어졌지 뭔가 …… 치아 손상으로 회사에
소송을 건다네―문제투성이네

    카페테리아에서 보자고
    절친,
    시드 데인저러스

지하의 향수병 & 블론드 왈츠

저스틴에 대해 말하겠다―그녀는 키가 158cm & 헝가리인의 눈을 가졌다―그녀는 보 디들리*와 합류할 수 있다면―자신의 인생을 바로잡을 수 있을 것이라는 신념이 있었다―다음은 루시―그녀는 달랐다―그녀는 항상 닭싸움을 보고 싶어하더니 열일곱 살 때 멕시코시티로 갔다 & 버림받은 가출 청소년―그녀는 열여덟 살 때 종크를 만났다―종크는 그녀와 고향이 같았다―좌우간 처음 만났을 때 그가 그렇게 말했다―그들이 싸우고 헤어질 때 그는 그런 곳은 들어보지도 못했다고 했지만 그건 중요한 게 아니다―여하튼 이 세 사람―왕국의 부대는 그들로 구성되어 있다 …… 나는 정확히 그들의 식탁에서 그들을 만났다 & 그들은 내게서 이 년

---

* Bo Diddley(1928~2008). 주로 1950~60년대에 많은 히트곡을 낸 R&B, 블루스 가수, 기타리스트. 그는 자신의 밴드에 당시로는 이례적으로 여자 기타리스트들을 포함시켰다.

의 허가를 받았지만 나는 나 자신은 그것에 대해 별로 말하지 않는다—저스틴은 정말 그럴 필요가 있는 것처럼 항상 자신이 존재한다는 것을 입증하려고 애쓰고 있었다—루시—그녀는 항상 보 디들리가 존재한다는 것을 입증하려고 애쓰고 있었다 & 종크, 그는 항상 자기는 루시만을 위해 존재한다는 것을 입증하려고 애쓰고 있었지만 나중에 말하길 스스로에게 자기가 존재한다는 것을 입증하려고 애쓰고 있을 뿐이라고 했다—나? 나는 누구 하나라도 존재하는가 생각하기 시작하기 시작했지만 그 점에 대해서 결코 너무 깊이 생각하지는 않았다—종크가 있을 때는 특히 그랬다—종크는 자기 자신을 증오했다 & 너무 취하면 모든 사람을 거울로 봤다

어느 날 나는 내 신비가 하잘것없다는 것을 깨달았다—그래서 신비를 쌓으려고 했지만 저스틴이 이렇게 말했다 "지금은 이십세기 잖아—그니까 뭐랄까—요즘은 그런 거 안 해—거리를 걸어다녀 보지 그래—그러면 신비가 쌓일 거야—매일 방안에서 오랫동안 그래 봤자 소용없어—너는 삶을 놓치고 있어—다시 말해서, 찰스 아틀라스*와 같은 사람이 되고 싶으면, 되라 이거야…… 하지만 기왕이면 머슬 비치**로 가는 게 좋을 거야—제인 맨스필드***를 낚는 것도 좋을 거야—네 분야의 왕이 되어서 모종의 비밀 체육관을

---

* Charles Atlas(1892~1972). 미국의 보디빌더로, 보디빌딩 방법 개발과 관련 사업으로 이름을 날렸다.
** 20세기 보디빌딩 붐의 발상지인 산타모니카의 해변. 1934년에 시작되어 1950년대에 이르러 야외 보디빌딩의 장으로 유명해졌다.
*** Jayne Mansfield(1933~67). 미국 배우.

시작하는 거야"…… 그 정도까지 조롱을 당한 뒤—나는 신비를 그냥 내버려두기로 했다 & 저스틴—저스틴 말이 맞았다—내 신비가 커졌다—사실 너무 커져 내 몸보다 무게가 더 나갔다 …… 나는 그 시절 히치하이크를 하는 일이 많았다 & 준비가 되어 있어야 했다—길에서 어떤 사람을 만날지 아무도 모르기 때문이다

　어느 날 숲속에서 노래를 부르는데 누가 세시라고 말했다—그날 밤 신문을 보니 어느 다세대 주택에 불이 났는데 소방관 셋과 주민 열아홉 명이 목숨을 잃었다는 기사가 났다—화재 발생 시간은 세시였다 …… 그날 밤 꿈속에 나는 또 노래를 부르고 있었다—같은 숲속에서 같은 노래를 부르고 있었다 & 아울러—꿈속에서도 다세대주택에 불이 났는데 …… 연기가 없었다 & 뚜렷한 꿈이었다—아무것도 분석할 가치가 없으므로 분석할 가치가 없는 꿈이었다—사람은 놀라운 과거의 집합을 통해—그게 무엇이든 어떤 방식으로든 획득된 경험을 통해 배운다—그와 동시에 그 문제의 현재 시제를 통제하면서—대략 로이 로저스가 그랬듯이 & 오늘날 서구의 기준으로는 불가능한 관계를 촉발한다—노래하는 나—나는 숲 바깥으로 움직였다—순식간에 동결되어 & 무언가에 들어올려져 & 공중으로 움직였다—다세대주택의 화재도 동시에 들어올려져 & 내게로 움직였다—나, 여전히 노래하는 나 & 여전히 불타는 이 건물 …… 말할 것도 없이—나와 건물이 마주쳤다 & 움직임이 멈추기가 무섭게 다시 시작되었다—나는 노래하고 건물은 불에 타고—그렇게 나는—진실을 말하건대—맹렬한 불길 앞에서 노래하고 있었다—나는 이 불을 어떻게 할 수 없었다—내

가 게으르다거나 불구경을 좋아해서가 아니라—나 자신과 불이 같은 시간 속에 있었다는 건 맞지만 같은 공간에 있었던 건 아니기 때문이다—우리의 유일한 공통점은 같은 순간 속에 존재하고 있다는 것뿐이었다 …… 나는 거기 그냥 서서 노래를 부르고 있으면서 죄책감이 들지 않았다, 왜냐하면 앞서 말했듯이 나는 내 의지와 무관하게 어떤 믿을 수 없는 힘에 의해 들어올려져 그리로 움직였기 때문이다—나는 저스틴에게 이 꿈 이야기를 했다 & 그녀가 말했다 "맞아 많은 사람들은 그런 일을 못 본 척하면서 죄의식을 느낄 거야—다른 사람들의 인생에 끼어들어 간섭하는 사람들이 그렇지—신만이 같은 시간 같은 공간 어디에든 동시에 있을 수 있는 거야—너는 인간이야—슬프고 어리석어 보일지 몰라도" …… 나는 그날 오후에 매우 취했고 영문 모를 혼돈이 내 몸속에 들어왔다—"폭격 이야기를 들으면 너무 화가 나고 미칠 듯한 증오심이 일어" 종크가 말했다—"나는 폭격 이야기를 들으면 죽은 수녀의 머리가 보여" 내가 말했다—종크가 말했다 "뭐?" …… 나는 노래 부르는 걸—다른 습관은 고사하고—별로 심각하게 생각한 적이 없다—그날 이후로—나는 그냥 그것을 받아들였다—다른 수치스러운 짓들을 받아들이듯이

긴 수염을 기른 군인이 말하기를 질문할 거 있으면 하게 젊은이 했지만 더벅머리 고아는 그건 모두 과대 선전이라고 말한다—긴 수염의 군인이 과대 선전이 뭐냐고 묻자 더벅머리 고아가 말하기를 젊은이는 뭔가요? 빵맛은 보편적이지만 그 맛이 어떻다고 누가 설명할 수 있겠으며 & 누가 그러고 싶어하겠어요—빵은 빵맛

이 나죠 그건 바로 그 맛 ····· 버사가 왜 남자를 공중곡예 그네에
서 밀어 떨어뜨리면 안 되는가 하는 것을 알기 위해서는 그것에 대
해 머릿속으로 생각만 해서는 안 돼요―스스로 버사가 되어야 알
수 있죠―그런 식으로 알아내는 겁니다

저스틴―루시 & 종크―에 대해 말하겠다―그들 누구도 서로를
전혀 이해하지 못한다―저스틴―그녀는 어떤 로큰롤 밴드에 들어
가기 위해 떠났다 & 루시―그녀는 프로 닭싸움꾼이 되기로 했다 &
종크는 가먼트 디스트릭트에서 일하고 있다는 것이 내가 그에 대
해 마지막으로 들은 것이다 ····· 그들은 모두 오래오래 행복하게
살았다

내가 지금 살고 있는 곳, 이 지역을
유지시켜주는 유일한 것은 전통이야―
너도 알 수 있겠지만―그리 가치는 없지―
주변 모든 게 썩고 ····· 언제부터 이랬는지는
모르겠다, 하지만 이대로 가면 조만간
난 늙은이가 될 거야―& 이제 겨우 열다섯 살인데―
이 근처 일자리라곤 광부 일밖에 없어―하지만 제기랄
누가 광부가 되고 싶겠어 ····· 나는 그렇게 얄팍하게 살다 죽기를
거부한다―사람들은 모두 자기가 실제로 중세에 살고 있는 양 중
세 이야기를 하지―
난 여길 뜨기 위해 무엇이든 할 거야―내 마음은
깅 따라 흐르고 있어―코끼리에게 내 영혼을 팔아서라도―

스핑크스에게 사기를 쳐서라도—

정복자에게 거짓말을 하더라도…… 너는 내 길이

바른 길이 아니라고 할지 모르지, 하지만

난 악마와의 노예 계약도 불사할 거야……

내게 괘종시계는 더이상 보내지 마—책도

생필품도 더는 보내지 마…… 무언가 보내주려면

열쇠를 하나 보내줘—그게 맞는 문을 찾을 거야,

평생이 걸리더라도

　　　너의 친구

　　친구가

격노한 사이먼의 고약한 유머

꿈을 꾸었다

요리사가

발코니 너머로

몸을 구부리고

주먹을 흔들어 보이며

민중에게 말했다

그래 다름 아닌 민중에게*

& 그는 민중에게

---

* 미국 시인 칼 샌드버그Carl Sandburg(1878~1967)의 장시 시집 『민중, 그래The People, Yes』을 가리킨다. 이 시집은 대공황이 절정에 달한 1936년에 출간되었다. 퓰리처상을 세 차례 받은 그는 이른바 '민중 시인poet of the people'으로, 민중의 평범한 언어에서 아름다움을 찾고, 그것을 시로 승화시킬 수 있다는 것을 보여주었다.

이렇게 말했다

"나는 나치 돌격대원 네 컵을 원하고—

천주교도 한 테이블스푼—끔찍한 편집증환자 다섯 명—

물소 약간—공산주의자 반 파운드—

반역자 여섯 컵—귀여운 무신론자 두 명—

랍비 1리터들이 한 병—냉소적인 진보주의자

한 티스푼—피임약 몇 알—

흑인 민족자결주의자 4분의 3—

레몬 주스 약간—

모겐 데이비드* 자본가 몇 명 & 여윳돈이 있는

뚱뚱한 사람들 다수를 원한다"

그때 요리사의 조수가

나타났다

& 그는 목청을 가다듬고

민중에게 말했다 그래 다름 아닌

민중에게

"또한 우리는 앵무새**를 원하고

& 우유 짜는 여자 몇 명—강간당한

대학생 몇 명 & 약에 취한 닭—

거북이 장갑 두 개

---

* Morgen David. 뉴욕에 본사가 있는 와인 상표명. 1940년대 후반부터 50년대에
걸쳐 대대적인 광고캠페인을 벌였으며, 70년대에 코카콜라에 흡수합병되었다.
** 미국 작가 하퍼 리(1926~2016)의 소설『앵무새 죽이기』(1960)의 '앵무새
mokingbird'를 가리킨다.

& 자고새 한 마리 & 진 한 병 & 배나무 한 그루를 원한다"
이런 꿈을 꾸던 나는
경악하며 잠을 깼다―후다닥 침대에서 일어나
부엌으로 달려갔다―충돌하듯 문을 열고 들어가
스위치를 세게 내리쳐 불을 켰다/나는 털썩
무릎을 꿇고
하나님에게 감사했다
냉장고에 새로 추가된 게
없는 것을 보고

퍽에게,
내 전기기타를 주고
거트기타*라는 걸 구입했어……
혼자서 칠 수 있어―밴드가 필요 없이―
다투는 일이 싹 없어졌지
물론 거트 기타를 치는 다른 사람들을
제외하면―난 잘 지내―무슨 일인지
모르겠지만 수염이 있는
이 모든 여자애들이 나한테
환장해―너도 언제 한번 걔들이랑 해봐―

---

* Gut guitar. 쇠줄이나 폴리머(나일론) 줄이 아닌 염소나 양의 내장으로 만든 줄을
단 기타.

날씨는 좋아—레프티 프리젤* 판을
모두 버렸어—파카도 없앴지—
너 내 깔치 가지려면 가져
난 자유를 찾아 떠나는 길이니까

나중에 보자 악어야**

프랭키 덕

---

* Lefty Frizzell(1928~75). 미국의 컨트리 음악 싱어송라이터. 50년대에 큰 인기
를 끌었다.
** See you later alligator. 별다른 뜻 없이 운을 달아 재미있게 전하는 작별인사. 그
룹 '빌 헤일리와 혜성들Bill Haley & Comets'이 불러, 1956년 미국 음반 인기 순위
10위 안에 들기도 했다.

사시이지만 매우 훌륭한 피아노 연주자를 발견했다

그는 손목에 붕대를 감고 왔다 & 그는 자기 옷걸이를 가지고 다녔다—나는 그가 소니 롤린스*의 음악을 필요로 하지 않는 사람이란 것을 단번에 알 수 있었지만 어쨌든 그에게 물었다 "도대체 그레고리 코소**에게 무슨 일이 생긴 거죠?" 그는 그냥 서 있기만 했다—카드 한 벌을 꺼내더니 "카드놀이 할래요?" 하기에 내가 "아뇨 그런데 도대체 제인 러셀***에게 무슨 일이 생긴 거죠?" 하자 그가 카드를 확 던졌다 & 카드는 방안 곳곳으로 흩어져 날아갔다 "우

---

* Sonny Rollins(1930~). 미국의 재즈 테너색소폰 연주자.
** Gregory Corso(1930~2001). 흔히 앨런 긴스버그와 함께 언급되는 비트 세대 시인. 50년대 후반 긴스버그와 함께 파리에서 머물 때, 뉴욕에서 사라진 여자친구를 찾아 혼자 유럽 각지를 헤맸으며, 그러던 중 암스테르담에서 유명한 재즈 뮤지션 체트 베이커와 어울렸다. 1960년대에 히피족과 여타 청년 운동이 비트 세대를 대신하기 시작하자 소외감에 알코올과 마약에 빠졌다.
*** Jane Russell(1921~2011). 1940~50년대에 활약했던 미국 배우.

리 아버지가 가르쳐 줬죠" 그가 말했다 "52 픽업*이라는 건데 내 카
드는 세 장이 모자라서 49 픽업이라고 하죠—우하하 정말 웃기지
않나요 & 어떤 게 피아노입니까?" 이 말을 듣고 나는 그가 인간적
이라는—다시 말해 성인군자가 아니라는—사실에 안도감을 느꼈
다—그렇다고 썩 호감이 가는 사람은 아니었다—하지만 그렇더
라도—그는 인간적이었다—"저기 저게 내 피아노입니다" 내가 말
했다 "이빨이 달린 거요" 그가 즉시 어슬렁거리면서 무거운 발걸음
으로 쿵쿵 걸어갔다 "쉬잇" 내가 말했다 "반려동물 입장 금지 표지판
이 깨겠어요" 그는 어깨를 으쓱하더니 백묵을 꺼냈다— 내 피아노
에 자기 아들을 그리기 시작했다 "여보시오—내 피아노 문제는 그
게 아니에요—내 말은, 인신공격이라고 생각하지 말아요—댁과
는 아무런 상관이 없는 말이니까, 하지만 내 피아노는 음이 안 맞
아요—어떻게 하든 간에 음을 맞춰줘요—정확하게 맞춰요" "우
리 아들은 우주 비행사가 될 거요" 내가 "나도 그러기를 바랍니다"
하고 "그나저나—줄리어스 라로사**에게는 무슨 일이 생긴 거죠?"
천장에 붙어 있던 에이브러햄 링컨의 초상화가 떨어진다 "저 친구
는 여자처럼 생겼군요—그를 신디그***에서 봤는데—저 친구 게
이에요" 이에 내가 "똑똑하기도 하셔" 하고 "어서 빨리 피아노나 고
쳐요—자정에 게이샤가 오기로 되어 있으니까 말이오 & 그 여자

---

* 52 pickup. 카드를 아무렇게나 뿌리고 줍는 게임 또는 장난.
** Julius La Rosa(1930~2016). 미국의 전통 대중가요 가수. 1950년대 라디오와
텔레비전 쇼의 진행자로 유명했던 아서 고드프리Arthur Godfrey에게 방송 도중 해
고당한 일이 논란을 불러일으킨 바 있다.
*** Shindig! 1964~66년에 걸쳐 방송된 뮤지컬 버라이어티 쇼.

가 그걸 두드리는 걸 좋아해요" 하자 그가 "우리 아들은 우주 비행
사가 될 거요" 하자 내가 "자 그러지 말고—어서 시작해요—내 피
아노—내 피아노—음이 안 맞잖아요" 하니까 이번에는 연장을 꺼
내고는 팅팅 소리를 내며 고음 몇 개를 만진다—"그렇군 음이 안
맞는군요" 하고는 "하지만 다섯시 삼십분이라서" 하기에 내가 완
전 우울한 기분으로 "그래서요?" 하자 그가 "그래서 퇴근시간이라
고요—그게 그래서요" 하기에 내가 "퇴근시간이라니?" 하자 그가
"여보시오 나는 노조원이에요 ……" 하기에 내가 "여보시오는 됐
고 당신이나 보시오—우디 거스리를 들어본 적 있소? 그도 노조
원이오 & 당신네 노조 같은 노조들을 조직하기 위해 투쟁하고 사
람들의 필요에 귀를 기울였소 & 어떤 노조원이—참다운 노조원이
라면—처량한 떠돌이 재즈 악사의 절박한 필요를 보고도 그냥 가
버렸다는 걸 알면 거스리가 뭐라고 하겠소?—그가 뭐라고 하겠
소 그가 어떻게 생각하겠소?" 하자 그가 "이제 그만해요 당신이 유
명인들 이름들을 갖다 대서 진저리가 나요—난 부디 거피*는 들어
본 적이 없소 & 아무튼 ……" 내가 "부디 거피가 아니라 우디 거스
리!" 하자 "그래요 음 아무튼 난 그가 뭐라고 할지 몰라도 내일—
내일 딴 사람을 원하면—전화를 하세요 그러면 노조에서 기꺼이
딴 사람을 보내줄 테니—난 상관없소—나한테는 그냥 또하나의
일거리일 뿐이니까—또하나의 일일 뿐이란 말이오" 이에 내가 **뭐
라고**! 당신은 자신이 하는 일에 자부심도 없소? 믿을 수가 없군! 부

---

* Boody goopie. 'boody'는 속어로 '엉덩이, 여자의 성기, 성교'를, 'goopie'는
'선문직을 가진 도시의 동성애사'를 뜻한다.

디 거피가 당신에게 뭐라고 할지 알기나 아오? 그가 당신을 어떻게 생각할지 아느냐 말이오" 하자 그가 "이제 그만 가봐야겠소―여기가 싫어―전혀 내 스타일이 아니야 & 아무튼 난 쿠디 퍼피란 사람은 들어본 적이 없소" 하기에 내가 "쿠디 퍼피가 아니라 부디 거피―이 궁상맞은 가슴 같으니 & 내 집에서 나가시오―당장 나가!" 하니까 그가 "우리 아들은 우주 비행사가 될 거요" 해서 나는 "그러거나 말거나―나를 매수당하지 않아―난 그렇게 시시한 사람이 아니야―나가―나가라고" 하고 …… 그가 가고 나서 피아노를 쳐보지만―소용이 없다―볼링장 같은 소리만 난다―나는 반려동물 입장 금지 표지판을 즐거운 우리집 표지판으로 바꾼다 & 내게는 왜 친구가 하나도 없을까 생각한다 …… 비가 오기 시작한다―빗소리가 연필깎이 소리 같다―창밖을 내다보니 사람들이 모자를 쓰지 않고 다닌다―다섯시 삼십일분이다―누군가의 생일을 축하할 시간이다―피아노 조율사가 옷걸이를 두고 갔다 …… 그걸 보자 정말 우울해진다

친구여 유감스럽지만 나한테서는 여러분이 원하는
정보를 아무것도 캐내지 못할 것입니다―나는
배신자가 아니란 말이오! 내 친척 중에도 그런 사람이 없어요,
베니딕트 아놀드*와 관계있는 사람은 없다는 말이오

---

* Benedict Arnold(1741~40). 미국 독립전쟁 당시 육군 장군이었으나 배신하고 영국에 투항하려다 발각되자 영국으로 망명하여 영국군 장군이 되었다. 그의 이름은 반역자의 대명사가 되었다.

& 나도 존 윌크스 부스*를 경멸합니다―나는
대마초를 피우지 않고 우리 가족은 이탈리아 음식을
아주 싫어합니다―내 친구들은 흑백영화를 좋아하지 않죠
& 다시 나로 말하자면, 나는 러시아 발레를 한번도
본 적이 없소―더욱이 나는 뉴스 영화를 비웃는
모든 사람들을 밀고하는 단체를 만들었습니다―
그러므로 내가 내 아내를 죽인 사람을 안다는 내용의
투서를 검찰에 보내는 일을 중단해주시기 바랍니다―
나의 도의가 걸려 있는 문제입니다―나는 한순간의
쾌락을 위해 **절대로** 그것을 희생하지 않을 것입니다

　　발달중인
　　혈관파열 이반

---

* John Wilkes Booth(1838~65). 에이브러햄 링컨을 암살한 연극배우.

기물 파괴꾼들이 물펌프 손잡이를 가져갔다 (오페라)

사우스 더처스 카운티에 그들과 울워스의 바보가 온다 & 의기양양한 앨리스 토클러스,* 반소매 셔츠 차림의 내셔널 뱅크 & 단골들—신실한 단골들—마지막으로 열광하는 관중—여전히. 번식하면서 & 트라이앵글을 들고 있는 가공의 러시아 시골 처녀들이 지하실에 한가득—트라이앵글은 진짜다—하우스 온 둠스타운, 사립중고등학교—리노**에서 딴 돈을 가지고 낙하산을 타고 내려오는 성직자 ……"하우스를 통합하라!""당신이 환영받지 못하는 곳에서 살고 싶다면!""그럼 하우스를 폭파하라!""당신 혼자 거기서 살고 싶다면!""그럼 대체 당신의 제안은 뭐요?""그건 그럴 가치가 없는 하우스요—그냥 내버려두시오—그곳은 내부적으로도 행복하지 않

---

* Alice B. Toklas(1877~1967). 미국 소설가.
** Reno. 네바다 주의 도시로 1930~40년대부터 카지노로 유명했다.

소—재난을 번식시키는 곳이오—바깥세상과는 아무런 상관이 없는 것을 강제로 배우게 하고 학생들을 그리로 내보내죠—하우스는 당신을 필요로 하지 않아요—당신은 대체 어째서 하우스를 필요로 할 정도로 스스로 격을 낮추는 것이오—떠나시오—하우스에서 최대한 멀리 가시오" "아니, 친구여, 당신의 사고방식은 포기라 불리는 것이오" "마음대로 하시오, 당신의 방식은 실패하고 불리지—사고방식이랄 것까지도 없고" 성직자는 시선을 떨어뜨리고 떠난다—그는 암석을 잘 살펴보고 있지만 낙하산을 이미 한 번 썼다는 것을 잊었다 …… 앨리스 토클러스는 풀로 덮인 언덕에 누워 꽃을 찬양하고 있다 "오, 그 원수—원수를 조심하라—원수는 산타클로스!" …… 꽃은 그녀를 필요로 하지 않는다—꽃에게는 비가 필요하다

우리는 자칭 "죽은 동물의 지배자라는 해럴드가 사다리에서 내려오고 있는 방에 앉아 있었다 & 그가 말했다 "아군이냐 암컷이냐? 아군이냐 암컷이냐?"* 그는 검은색 숄을 입고 있었다 & 그는 거울의 깊이를 실험하고 있다고 누군가 말했다—폰초가 깜짝 놀라 비명을 질렀다 "아군이든 암컷이든 내가 맛을 보여주마, 이 괴물 같은 놈아!" & 그에게 유도로 예리한 일격을 가하고 & 사다리에 그의 머리를 처박았다—"그러지 말았어야 했는데" 굴뚝으로 내려온 무척 남자 같은 계집아이가 말했다 "뚱하긴 해도 좋은 사람이거든

---

* Friend or doe. 보초가 아군인지 적군인지 밝히라고 소리치는 관용구 "friend of foe?"에 운을 맞춰 말장난한 표현.

요—빵 드실 분?" 폰초는 콩팥을 달라고 말했다—내가 그랬잖아
나는 따로 …… 계집아이가 울기 시작했다

사진들을 들여다보면—니스와 탕헤르의 모래, 기품 있어 보이
는 모든 주술사들이 보인다 & 그리고 나서 레이더 노예들이 나온
다—각자 선구자가 되고 싶어한다 & 그들은 전기 곡선도를 지니
고 있다—우리는 그들을 고용이라 부른다 & 그들은 저마다 이처
럼 말한다 "이영차" & "끌어올려 조니" & "난 해리 제임스가 전혀
마음에 안 들어!" & 비트 세대의 혐오스러운 찌꺼기 건장한 따분한
사람 & 수상한 건강광正이 그의 어리둥절해하는 새 소녀* 레즈비언
위위에게 말한다 "아이 참, 그러지 말고—모든 사람에게 내가 가
장 유행에 앞서가는 사람이라고 말한다고 돈이 드는 것도 아니잖
아—자 어서—내가 이것저것 널 위해 잘해주잖아!" & 위위가 말
한다 "하지만 나는 만나는 사람이 하나도 없어요—누구를 만나는
걸 허락해주지 않잖아요!" & 그때, 언젠가 칼 퍼킨스**의 눈을 두고
길거리에서 싸움을 벌인 적이 있으며 지금은 부유한 민주당 지지
자들을 위해 웃음 기계를 만드는 올리브—그가 장비를 가지고 들
어온다 & 당신은 수많은 관광객들이 따라가는 좁은 다리 건너편으
로 옮겨진다 & 발 아래에 분동을 단 레코드판을 띄운다 & 그들이
당신을 거대한 버스 경적 속에 놓는다 & 목소리들이 고함을 지른

---

* Birdgirl. 바로 뒤에 나오는 '위위WeeWee'의 'wee'가 '작은'이란 뜻임을 감안할
때 '새 소녀'는 미국의 조각가 실비아 쇼 저드슨의 1936년 청동 조각상 〈새 소녀
Bird Girl〉을 가리키는 것으로 보인다.
** Carl Perkins(1932~98). '로커빌리의 왕'으로 불리는 미국의 싱어송라이터.

182

다 "나는 저걸 원해―나는 저걸 원해!" 마담 리멤버가 나타나 당신의 사진들을 몽땅 가져간다 & 바깥세상에 남아 있는 것이라곤 당신의 손밖에 없다―어린 아기들이 그것을 깨문다 & 엄마들이 비명 **비명**을 지른다 "그래―그는 내 표를 가져갈 수 있다―나는 언제든 그를 찍을 것이다" …… 이제 당신은 플라스틱 핏줄이다―완벽한 메시지 속에 사라졌다―뱃속에 역사적인 전화가 걸려온다 & 이상한 신전들이 천천히 당신의 마음속을 돌아다닌다―히치하이크하며―염치없이 히치하이크하며 여기저기 두뇌의 실수들을 누비며 다닌다―당신의 이상은 사라졌다 & 남은 것이라곤 슈퍼마켓에 서 있는 당신의 조각난 사진뿐이다―버스는 여전히 운행하지만 당신은 정글의 친구들과 함께 택시를 탄다 …… 이기주의자가 당신에게 제 일기를 보여주며 말한다 "나는 침묵해야 한다는 것을 깨달았소" & 당신은 말한다 "당신은 아무것도 깨닫지 못했어―그냥 뭔가를 말했을 뿐이지"

이 주변의 선량한 사람들, 그들은 질문할 게 많다―그들은 캔디 막대로 코끼리를 때려죽인다―"흰 곰은 미친 곰이오"라고 도둑들이 말한다, 그들은 진짜 도둑이라기보다는 친구들이 아파서 자기들을 부를까봐 아프기를 바라지 않는 평범한 사람들이다―산중에 질병이 있다 & 지난 일요일 소아마비 백합이 초록색 지갑에서 자라났다―위험한 5센트 동전 한 개가 마을 광장에 놓여 있다 …… 누가 그것을 주울까 모든 사람이 지켜본다 …… **찾는 일은 간과하는 일이다** & **난폭한 행운은 말떼가 몰려오는 것과 같다** & 이 주변에는 우리들이 잔뜩 있지만 우리는 오직 달러화만 줍는다

여기 밥 딜런이 잠들다
나사로에게 퇴짜맞고
고독해서
그에게 달려들었지만
자기가 이미
시가전차가 되었다는 것을
깨닫고는 놀라
뒤에서 덮친
떠는 살에게
살해당했다 &
그게 정확히
밥 딜런의 최후였다

그는 이제 **액추얼리** 부인의
미장원에 묻혀 있다
하나님이 그의 영혼과 무례에
평안을 주기를

두 형제
& 예수 그리스도처럼 생긴
발가벗은 마마 보이는 이제
그의 질병과 전화번호를
나누어 가져라

힘은

증여할 게 남아 있지 않다―

모두 이제

자기 것을 찾아가라

여기에 밥 딜런이 잠들다

비엔나식 정중함에 의해

허물어진 채―

그것은 이제 제가 그를 만들었다고 주장하리라

멋있는 사람들은

이제 그에 관한 푸가를 작곡하라

& 큐피드는 이제 석유램프를 넘어뜨려라

소년 딜런―버림받은 오이디푸스 같은 사람에게 죽었으며

그자는 돌아서

유령을 조사하다

그 유령 역시

한 사람 이상이었음을

깨달았다

트럭으로 넝마주이와 피라미드를 수입하는 사우스 더처스 카운티 & 사촌 부치―그는 가끔 비행접시에 대한 이야기로 하룻밤에 3달러를 벌러 떠난다 …… 전쟁광―안토니오―밤낮으로 자동차 정비소에서 일하는 그는 자물쇠를 몰래 들여다 올림픽 수영선수들에게 팔고 농구선수들에게 여자들을 대여한다―그는 말수가 없고 유행에 상당히 민감하다   그는 자기 종교의 윤곽을 잘 알고 있

다—아들을 훈련시켜 고릴라 같은 남자로 만들어 사람들의 벽장
을 지키도록 대여할 것이다—그는 제 오른손에는 전쟁을 쥐고 있
지만 왼손에는 무른 편집증적 웃음을 쥐고 있다고 말한다 …… 평
화광—로치—마지막으로 목격되었을 때—기차를 쫓고 있었다—
그는 제 오른손에는 평화를 쥐고 있다고 하지만 왼손에 물펌프 손
잡이와 고기용 갈고리를 쥐고 있는 모습이 목격되었다 …… 붕대
를 감고 있는 사우스 더처스 카운티 & 알비노 테러리스트들의 분석
을 시도하는 작은 레이디 선탠 …… 상상도로는 순수하지만 무지
한 사우스 더처스 카운티—치명적인 신규 유입에도 불구하고—휴
일이 없음에도 불구하고—가능한 모든 일에도 불구하고 살아남을
지라

난 못 속여—그러기엔 너무 똑똑하거든—넌
그 아이가 칼에 찔렸을 때 그 전철을
타고 있었어—넌 그냥 가만 앉아 있었지—넌
그 검은색 차가 달려와 어떤 사람 모양을
강에 던졌을 때 그 거리에 있었지—
넌 돌아서 공중전화로 가서는
누군가에게 전화를 거는 척했지……
넌 그들이 그 불쌍한 소년을 공개적으로
거세했을 때도 그 자리에 있었어—
난 못 속여—넌 그리 강인하지 않아—
그래, 넌 청소년 범죄에 대해 분명한

입장을 취했지 — 동네 불량배들을 모두
내쫓자고 했지 — 야, 아주 용감해 —
그래, 넌 네가 애국자라고 하지 —
수소폭탄을 떨어뜨리는 게 두렵지 않다고 하고
네 말이 진심이라고 설명하지만
수소폭탄을 떨어뜨리는 게 무섭지 않다는 것 말고는
아무것도 말하는 게 없어 — 넌 어떻게
우리 아이들에게 좋은 본으로 배우게 해야 한다고
할 수 있지? 아이들은 나쁜 본을 보고도
무언가 배울 수 있지 — 내게 그렇듯 너에게도
배울 수 있는 거야 — 넌 더 이상 나를
좌지우지할 수 없어 — 내가 꿈틀꿈틀거려서가 아니라
네 손이 물 같기 때문이지…… 나와 이야기하고 싶으면
미리 연락해라 — 물통을 준비해둘 테니까……
네 아내가 임신했다고 네 멋대로 내 일이나
내 친구들의 일에 간섭할 자유가 주어지는 건 아니야 —
네 아내에게 나를 기억하느냐고 물어봐라

　　　너의 충실한
　　　사이먼 도드

p.s. 아마 넌 나를 경적 줄리어스로 기억하겠지

기계장치 속의 보안관

비주류─소년 미치광이─거지와 아첨 처녀가 만나는 재의 수요일에 잉태된다─그런데 거지, 그는 뒤틀렸다─완전히 괴팍스럽다─한 난쟁이가(그는 시가를 피우는 아역 배우인 것으로 드러났다) 그를 풍선처럼 짓밟은 뒤로 거지는 다른 사람이 되었다─소문에 의하면 그는 고향의 청량음료 판매원을 마비시켰으며 마음에 들지 않은 사람이 있으면 그 판매원을 풀어 공격하게 한다고 한다─내가 아는 한, 그런 일은 한 번도 발생하지 않았다 …… 아첨처녀─성형한 코에서 항상 콧물이 흘러서 파티에 갈 때는 정원사를 대동해야 한다─그녀와 주교 무정이 이야기를 나누는데, 그가 그녀에게 묻는다 "저 모네 그림 어떻게 생각하나? 내가 지난 오 일 동안 키에르케고르를 읽었는데 말이야─방에서 혼자─나 & 키에르케고르 단 둘이─그래─& 방에서 나올 때 제일 처음 보이는 게 저 그림이야─이거 참! 돈 걸까? 있잖아, 내가 확 돈 걸까? 내 말은,

너 저 빌어먹을 이마 속에 든 지혜를 이해해? 그 계집애의 지저분한 미소를 이해해?" "네 제가 보기엔 지극히 …… 제가 이해하기론 지극히 ……" "논문적?" 거지가 그녀에게 음심을 품고 유혹하려고 그녀의 말을 거들었다 "네 & 또한 제가 보기엔 아주 육감적으로 흥미로워요" 주교 무정이 집에 가자 아첨 처녀가 거지에게 가서 고맙다고 하고 거지는 "천만에" 하고는 셔츠 단추를 끌러 배에 새긴 제 이름을 드러내 보인다 "작년에 카달라워파에서 했지─멕시코에 있는 데잖아" "어 당나귀가 많은 나라잖아─아주 잘 알아─해변은 완전히 환상적이지─한데 요즘엔 거기에 경찰이 있다던데" "그래 이쁜아, 작년 크리스마스쯤에 경찰이 왔어─지금 상황은 정글 속이지" "내 종마 탈래?-정원사는 중간에서 내려주면 돼" "그래, 좋아 이쁜아─그리고 이리 돌아와 수다를 떨어도 되고" "좋았어─죽여주는 생각인데─나한테 총이 있어 & 카달라워파와 이런저런 이야기를 하자" "카달라워파 얘기 좋지 & 너 거기에 있는 골골이 짐 알아?" "아니, 그럼 돋보기 루페는─너 그 사람 알아?─은퇴한 커피 전문가─바닷가 출신" "아─그래 나 이런─알지 알아─내가 보기엔 그 사람 지극히 음 …… 지극히 ……" "그는 타고난 귀염둥이야─타고났어─메테드린 중독자이긴 해도 완전 멋져─정글이 거기에 있는 걸 내게 보여준 게 바로 그 사람이야" "그래 나한테도 그랬는데─내가 보기에 지극히 흥미로운 사람이더라고" …… 날이 어두워지자 거지는 아첨 처녀의 다리를 잡는다─그녀는 입 모양을 재정돈한다 & 두 사람은 뒷문으로 나가 달을 쳐다본다 ……
비주류가 잉태된다

기름투성이의 두툼한 신문이 로저의 카운터 위에 놓여 있다―로 저는 철야 영업하는 스페인 음식 레스토랑 올나이트 카페의 주인― 구 개월 만에 처음으로 슬픔에 잠겨 있다―그의 어머니가 파리에 서 사라졌다 & 그는 프랑스 남자들이 그녀의 시체라고 여기는 것 을 가지고 재미있게 놀고 있을지 모른다고 걱정한다 …… 로저는 두툼한 기름투성이 신문의 기사를 훑어본다―할리우드에서 호랑 이가 달아나 날뛰다―애넷 & 프랭키 애벌론,* 태평양에서 발견되 다―양손이 등뒤로 묶인 채―모두들 죽었다고 생각했지만 상자 뚜껑으로 나타난 톰 믹스**의 허파 속에서 벅스 버니*** 다큐멘터 리 필름이 발견되다―반란군, 판타지아의 월그린****을 습격하다― 독재자들이 캔디를 더 보내라고 전신을 보내다―**미국**, 해병대와 아놀드 스탱*****을 투입하다―피닉스에서 남자가 오후 두시에 아 내를 먹다―수사중인 **FBI**/ 노먼 메일러, 식료품 저장실에서 폭 탄이 터져 색맹이 되다―스포츠 부서 대개편―에드 설리번****** & 모나코 레니에 대공의 친척인 프레시키드, 휴이 롱*******의 손자인 콩 롱의 손님으로 이 나라를 방문중이다―그들이 포수 글러브, 콘

* Annette Funicello(1942~2013), Frankie Avalon(1940~). 1960년대, 해변을 배경으로 한 영화 '해변 파티'의 시리즈물 콤비로 유명했다.
** Tom Mix(1880~1940). 미국 영화배우. 초기 서부영화의 상징적 인물이다.
*** Bugs Bunny. 만화영화 캐릭터.
**** Walgreens. 1901년에 설립된 드러그스토어 체인.
***** Arnold Stang(1918~2009). 미국 코미디언. 체구가 작고 알이 큰 안경을 쓴게 특징이다.
****** The Ed Sullivan Show. 미국의 텔레비전 버라이어티 쇼(1948~1971년 방영)
******* Huey Long Jr.(1893~1935). 미국의 정치가로 루이지애나 주지사를 지냈으며 상원의원을 지내다 암살되었다. 그는 부의 재분배를 외치며 부자와 은행을 비난했다.

택트렌즈 & 알약으로 된 마약을 가지고 탈출하는 것이 목격되었다――마음이 매우 동요한 신 주교*―의견을 묻는 질문에 그는―이렇게 말할 뿐이었다 "믿을 수가 없습니다―에드에게 이런 일이 생기다니 믿을 수가 없어요―최근 그와 어울리는 사람들 때문임이 틀림없어요"―동양 요리책을 쓰고 있는 윌리엄 벅샷 주니어―그는 물이 없는 풀장의 다이빙대에서 떨어지고도 살아났다는 사실에 속상해한다―유타 주에서 양초를 훔친 혐의로 체포된 월터 크랭크케이스―그는 취조에서 초기 리틀 리처드** 판을 듣기 위해 양초가 필요했다고 덤덤히 범행 동기를 밝혔다―사슴 죽이는 독약 & 스냅 크래클 & 팝*** 시리얼을 개발한 스폰지 박사―미미한 수임료를 받고 그 사건을 맡을 용의가 있다/ 어린 소녀들이 마이애미에서 온 루트비히 에르하르트 수상****에게 거위 지방을 뿌린다―대통령은 만찬석상에서 당혹스럽게도 방귀를 뀐다―그러고 달걀 탓을 한다―주가는 몇 년만에 최악의 급락을 보였다―인디애나 주 게리 시에서 흑인이 머리에 총을 스무 방 맞고 숨졌다―검시관은 사인을 알 수 없다고 한다 …… 상영하는 영화 중 재미있는 게 없다 & 구인란 광고는 단 하나뿐이다―**구인** 우호적인 가정에서 넝마주이가 되실 정직한 남자―튼튼해야 함―농구선수

---

* Fulton J. Sheen(1895~1979). 뉴욕의 주교로 1951년부터 신앙과 관련된 텔레비전 방송을 시작해 에미상까지 받는 등 큰 인기를 끌었다.

** Little Richard(1932~). 미국 로큰롤, R & B 가수. 1950년대에 큰 인기를 얻고 최근까지 활동을 했다.

*** Snap, Crackle, and Pop. 켈로그 시리얼의 마스코트.

**** Ludwig Erhard(1897~1977). 독일의 수상이자 경제학자. 미국의 존슨 대통령은 미국을 방문한 그에게 경의를 표하는 바비큐 만찬을 베푼 바 있다.

선호—어린아이들을 좋아해야 함—소파 & 화장실 제공—임금은
협의 후 결정—전화 TOongee 1965 …… 로저는 기름투성이의
신문을 내려놓는다 & 그런데 글쎄 거기에 거지와 아침 처녀가 들어
오는 게 아닌가—이른 아침, 그들은 더이상 연인이 아니다—그들
은 손님이다

구 개월 뒤, 비주류가 태어난다—그는 반바지를 입는다—대학
교에 다닌다—전쟁 관련 잡지사에 취직한다—아버지가 타고난
승자인 사람 좋은 통통한 여자와 결혼한다/ 비주류는 점점 더 많은
사람들을 만난다—다이어트를 한다 & 그러고는 죽는다

학생들에게
나는 여러분이 당연히 이들의 책들을 읽고 이해했으리라고
믿는다—프로이트—도스토옙스키—대천사
미카엘—공자—코코 조*—아인슈타인—
멜빌—포기 스네이커**—존 줄루—카프카—
사르트르—스몰프라이***—& 톨스토이—좋아 그럼—
내 일은 뭐냐 하면—단순히 그들이 중단했던 데서부터
다시 시작하는 것이다—그뿐이야—요약하자면

---

* Coco Joe. 하와이의 기념품 상품명. 현무암으로 만든 작은 조각품.
** Porgy snaker. 'porgy'는 '도미류 물고기'를 뜻하고 'snaker'는 '세게 당기는 것,
무언가 막힌 것을 제거하는 것, 새치기 하는 사람' 등을 뜻한다.
*** Smallfry. '어린 사람' 또는 '하찮은 사람'이라는 뜻.

이상과 같다―이제 내가 쓴 책을 주겠다―
모두 당장 읽기 시작하기 바란다―
시험은 두 주 후에 있다―모두 자기 지우개를
가지고 와야 한다.

　　　여러분의 교수
　　　헤럴드 교수

마리아의 변속기 속 가짜 속눈썹

마리아—그녀는 멕시코인이다—그러나 그녀는 하울링 울프* 못지 않게 미국인이다—"내 마음에 근심이 가득해, 그래서 짜증이 나! 휴식할 수가 없어! 나는 혐오스러워!" 그녀의 오빠가 말했다. 그는 밀입국해 야윈 창녀들과 터키산 싸구려 술에 취하곤 한다—"마리아는 한 번 흡입해야 해" 촌민왕村民王이 말한다 "마리아는 아주 지루해하는 신을 한 번 흡입해야 해"—나머지 촌민들은 웨일스 억양으로 "오, 그 시절 1849년**" 같이 들리는 노래를 부른다 & 애들레이 스티븐슨은 산꼭대기에서 폭동을 일으키고 있다······ 마리아는 한 때 밥벌이로 관에 못을 박는 일을 했다—"나는 애들레이 스티븐슨

---

* Howling Wolf(1910~76). 미국 미시시피 태생의 시카고 블루스 가수, 기타리스트.

** The Days of '49. 1849년 캘리포니아의 골드러시에 관한 호아킨 밀러의 시로 1884년에 출판되었다. 밥 딜런은 앨범《자화상Self Portrait》에 이 곡을 포함시켰다.

*의 머리 위로 판유리 창문을 박살낼 거야!" 터키산 싸구려 술에 몹시 취한 오빠가 말한다 "그에게 그 자신 또한 마조히스트란 걸 증명해 보이겠어—여자처럼 구부리게 하고 샌프란시스코로 가는 화물열차에 타고 있는 편이 낫겠다는 생각이 들게 해주겠어"—그는 손가락을 물어뜯긴 해병이다—조세핀—할아버지가 실로**에서 죽은 그녀는 언젠가 마리아를 칼로 찌르고 그녀의 옷을 감췄다—그녀는 근친상간 혐의로 체포되었다 …… 촌민왕, 암으로 서서히 죽어가고 있는 그는 시끄러운 수염을 다듬으며 중얼거리고 있다 "경찰—진보—미국의 기념비"&"그 무엇도 중요하지 않아" 마리아는 최근 어떤 거지와 사랑을 나누었다—그는 현란한 은박지로 변장하고 있었다—그들은 안장주머니 속에서 했다—그녀는 1마일을 5.9일이면 달린다 & 매년 한 번 그 마을에 오는 순회공연단은 그런 이유로 그녀를 존경한다

마리아의 아버지는 언덕 위에 묻혀 있다—부유한 포주들—인류와 문명이 그녀에게 진정성을 보이기 위해 그의 무덤을 밟고 지나간다 …… 그녀는 금년에는 친선 여행을 떠나지 않을 것이다—그녀의 자동차 변속기에 가짜 속눈썹이 끼어 있다 …… 그녀가 맛볼 수 있는 곳은 많지 않다

편지는 이것으로 마지막이야—네 마음에
들려고 노력했지만, 이제 보니
넌 생각이 너무 많아—네게 필요한 건
네게 아부하는 사람이야—나도 하려면 하겠지만
그게 무슨 가치가 있겠어? 어차피 난
너한테서 필요한 게 없는데—그러나 넌 너무
바쁜 나머지 하나의 굶주림이 되어버렸어—세상의
신비주의자들은 햇빛으로 뛰어드는데 너는
전등의 갓이 되었어—생각을 하려거든
사람들이 왜 서로를 사랑하지 않는가를
생각하지 말아—사람들이 왜 스스로를 사랑하지 않는가를
생각해—그러면 어쩌면, 네가 그들을 사랑하기 시작할 수 있을지
도—
할말이 있으면 연락해, 난 가까운 데 있으니까,
관제탑 옆에—걱정 말고 너무 긁지 마—
피망 주의해 & 넌 팝콘은 먹을 만큼
먹었어—넌 중독자가 되어가고 있어—
내가 말했듯이, 내가 너한테 줄 수 있는 건
전혀 아무것도 없어, 전혀라는 말 밖에는—
내가 네게서 받을 수 있는 건 양심의 가책뿐이고—
난 습관을 주거나 받을 수 없어…… 가장무도회에서
보자

고뇌하며

워터 보이 씀

알 아라프[*] & 촉성재배 위원회

우선 무정부주의자—우리는 그를 신음이라고 부른다—그가 우리와 메두사를 데리고 간다—그녀는 가발을 들고 있다—신음은 지도를 들고 있다—정오쯤, 우리는 심연의 회랑에 있다—벽에 저글링하는 곡예사들의 그림자가 어른거린다 & 천장의 첼시 부분에서 수도사가 떨어진다—수도사는 신음의 아들이다—메두사가 문위에 두 개의 검이 걸려 있는 방으로 들어간다—안에는 벽걸이 거울들이 있다—메두사가 사라진다 …… 결핍이, 그 조직의 이상한 다른 한쪽—그가 거울 하나를 가지고 그 방에서 나온다—문 위에 걸려 있던 두 개의 검이 떨어진다—하나는 바닥에 꽂히고 다른 하나는 그를 반으로 가른다 …… 수도사, 그는 전형적인 아첨꾼 & 안

---

* Al Aaraaf. 에드거 앨런 포의 시. 『코란』에 기초하는 이 시는 '알 아라프'라는 내세를 노래한다.

데스산맥 속에서 길을 잃고 꼼짝 못하게 됐을 때 혼잣말로 할 수 있는 괴상한 개그를 쓰는 작가―그가 우리를 안내해 중국 속담들이 붙어 있는 방으로 들어갔는데 모두 "한푼의 노예 일은 한푼의 한푼의 한푼"이라고 씌어 있고 …… 거대한 거울이 있다 & 수도사가 즉시 해체된다 …… 점심시간 뒤, 확성기를 통해 바위가 바수어지는 소리와 자동차가 충돌하는 소리가 흘러나온다 & 챙 청―단기 체류자이자 자부심도 수치심도 없는, 대단히 육감적인 어떤 전문 부랑자―그가 반역의 구호와 '피임약이 되는 법' 팸플릿을 팔고 있다―"서명을 하나 날조해달라" 엄마가 말한다 "진리의 지퍼와 관련된 문서에 서명을 해야 하니까" 이에 챙 청이 "진리의 지퍼라니! 진리는 없습니다!" 하자 "알았어" 하고 신음이 말한다 "하지만 지퍼는 있잖아" "대단히 죄송합니다―베리 소리―제 오해입니다― 제가 오늘 거대한 신발을 신어서요, 그뿐입니다" 하니 신음이 자기 신발을 내려다보며 "다시는 이런 일이 없도록 하라" 하고 말한다 …… 그때 회랑 저쪽에서 포토 영계가 휠체어를 타고 온다―그녀는 신음의 꽃이다 & 그녀는 쇠똥을 먹고 있다

그레이디 오레이디가 들어온다―모두에게 묵례를 하고 어디서 하녀를 구할 수 있는지 알고 싶어한다―"헨리 밀러* 알아요?"라고 그녀가 약간 교활하게 묻는다 "기상천외하게 죽은 헨리 밀러 말이오? 부동산 중개업자 헨리 밀러?"라고 누가 말하자 "그게 무슨

* Henry Miller(1891~1980). 미국의 작가. 그의 소설들은 노골적인 성애를 다뤄 금서가 됐었다.

말이죠?" 하고 그레이디 오레이디가 말한다 "헨리는 부동산 중개업자가 아니에요―그는 동굴에서 사는 사람이에요―예술가죠―그는 하나님에 대한 글을 써요" "나는 다른 헨리 밀러를 생각했소―나는 가랑이에 튤립을 달고 다니며 세실 b. 더밀*의 여자들에 대한 글을 쓰는 사람을 생각했소"…… 오레이디가 호주머니에서 오렌지를 한 개 꺼낸다 "아즈텍 지역에서 가져온 거예요―잘 봐요." 그녀가 오렌지를 손에 들고 천천히 아주 살살 압착한다―그러다 이빨을 드러내고 으르렁거리며 미친듯이 껍질을 벗겨낸다 & 오렌지 즙이 흘러나와 그녀의 입가로 질질 흐른다―셔츠가 즙으로 범벅이 된다―더 많이―더 많이―그녀는 온몸에 온통 오렌지를 뒤집어쓴다―신음이 그의 미술평론가 선 체크싯을 대동하고 들어온다―선 체크싯 & 그 두 사람―그들은 선적 거래에 대해 의논하기 시작한다 "주니어 보크가 방금 제1차세계대전에 관한 소설을 다 썼어요―우리 편에 대해 아주 호의적으로 썼더군요 & 화장실 휴지로 쓰지 말 것을 기억해야겠어요" 이에 사진계집애가 "난 그걸 휴지로 쓸 거예요" 하자 신음이 "그 이유를 말해보라!"라고 말한다 & 포토영계가 한 사람의 진리는 언제나 다른 사람의 거짓이라고 설명한다 & 신음, 그가 지도로 그녀를 채찍질하기 시작한다 & 그녀가 울기 시작한다 & 거울들이 있는 방으로 들어가더니 폭파된다―"자 다시 선적 이야기를 하지" 하며 신음이 돌아서 보니 선 체크싯이 그레이디 오레이디와 함께 바닥에서 뒹굴고 있다 & 그들은 온통 오렌지 범벅이다 "이 헨리 밀러라는 사람에 대해 더 말해주시오"라고

---

* Cecil B. DeMille(1881~1959). 미국의 영화감독, 제작자.

선이 말하자 "우, 아, 정말 신나지 않아요?"라고 그레이디 오레이디 가 말한다.

폰세 데 레온 지역에서―노조 지도자―스토미 리더―그가 여성 레슬러와 싸우는 모습이 전시되어 있다 …… 그의 과거로부터 광 기 깡총이가 나타나 외친다 & 비명 춤을 추고 있다―입을 삐죽거리 며 말한다 "세상은 노동치들의 것이다―노동치―당신들은 누구 도 노동치가 되려 하면 안 된다―아무도―당신들은 아무도 그 목 적을 이루지 못할 것이다―아무도" "닥쳐라!" 눈에 띄지 않게 안에 들어온 신음이 말한다 "닥쳐―내가 허리가 아프다 & 그건 그렇고, 노동치가 아니라 노동자야!" 그러자 광기 깡총이가 말한다 "세상은 그의 것이다―바다코끼리처럼 생기고 바다코끼리처럼 다니고, 바 다코끼리가 된 기분이 드는 아내와 잠을 자야 하고, 한 떼의 성가 신 아이들을 위해 억지로 바다코끼리가 되고, 성가신 바다코끼리 야구 경기에 가고, 한 떼의 바다코끼리들과 포커를 치고 & 그러고 는 땅속으로 내몰려 바다코끼리를 입에 물고 묻힌다―나는 그에 대해 충분히 말할 엄두가 안 난다―그는 자신의 겨드랑이에서 살 며 당신을 증오한다―그는 당신이 필요 없다―당신은 그의 인생 을 혼란스럽게 한다―당신은 운이 좋아 아직도 그의 세상에서 어 슬렁거릴 수 있는 것이다―당신은 벌거벗고 다닐 수밖에 다른 도 리가 없다―그게 어째서 그리도 훌륭한가―돼지들과 자는 게 어 째서 그리 훌륭한가?" **쿵** "저 소년을 잠언 저자들과 함께 놓고― 그가 아내를 때리고 돼지고기를 먹는다고―금요일에 고기를 먹 는다고―악평을 하고 뭐라고 해도 좋으니―그가 훈련을 받을 준비가 되기 전까지는 여기서 데리고 나가 있어 주시오"…… 길 잃은 조랑말 속달 우편 배달부가 바닥에 나 있는 문을 빠끔 열고 안을 들여다본다—그는 긴 회랑 사진을 가지고 있다 & 말하는 게 뭐랄까 말을 불어내듯 하다 "당신들은 모두 바보요! 당신들은 아무것도 보낼 수 없소! 백만까지 셀 수 있을지는 몰라도—당신들 중 누구도—당신들이 발을 딛고 서 있는 땅의 총합을 보지 못해" 위선자 달링이 즉시 불을 붙여 바닥을 비춘다 & 피플 그링고*가 주먹으로 책을 탕탕 두드리더니 흔들의자와 수박은 철자만 다를 뿐 같은 단어라고 말한다 …… 폭동 진압 경찰 출신 세인트 금전이 체스를 가지고 들어오는데 웃기게 발기되어 있다 & 그도 웃는다

엄마가 말한다 저 방향으로 가 & 부디 역사상
가장 훌륭한 일을 해 & 내가 말한다
하지만 엄마 그건 이미 누군가 했어요 & 그녀가 말한다
그럼 그것 말고 네가 할 게 뭐가 있니 & 내가 말한다
몰라요 엄마, 하지만 나는 저
방향으로 안 갈 거예요—나는 저 방향으로 갈 거예요 & 그녀가
말한다 그래 하지만 넌어디 있을 거니 & 내가 말한다 나도
몰라요 엄마 하지만 나는 톰 조드**가 아니에요 & 그녀가 말한다

---

* Gringo. 라틴아메리카에서 백인, 특히 미국인을 가리키는 말.
** 존 스타인벡 소설 『분노의 포도』(1939)의 주인공. 착하고 인정 많은 청년 톰 조드는 부모 형제를 이끌고 일과 먹을 것을 찾아 오클라호마에서 캘리포니아로 이주하는 과정에서 대공황의 비극적 현실을 극복하기 위해 애쓴다.

좋아 그럼 나는 네 엄마가 아니다

헥사그램*의 햄릿 왕자―비위생적인 천사들의 족장―그는 안
장 없이 기계를 탄다―그랜드스탠드의 현실과 관련된 정확한 요
인―타지마할 & 클리티아**의 해시계의 실종―이 정확한 요인의
실종 …… 그럼에도 불구하고―그는 그 약한 공연에 마음이 어
지러워지지 않는다―릴리스가 새 남편 부바에게 방취제 사용법
을 가르친다―또한 "악취 나는 웅가"는 역한 오물을 의미한다는
것도 가르친다 & 이 두 가지 가르침은 결국 최고의 약한 공연이 된
다 …… 오비는*** 안 한다―그는 눈에 밀랍을 발랐다 & 그는 그만
의 세계에 갇혀 산다고 사람들은 말한다―그는 계속 이렇게 말한
다 "이들은 평범한 사람들이 아니잖아? 그렇지? 어머나 세상에―
크래커 좀 돌려―이들은 평범한 사람들이 아니잖아? 여보세요 여
보세요 내 말 들려요?" "아니 아니 맞아―평범해―그들은 평범한
사람들일세" 왕자가 말한다―그가 오비를 약간 간질인다―그를
웃게 만든다 "하지만 기억하게―반인반마가 거인 엄마 거위의 영토
에 침입했을 때, 도깨비가 반인반마에게 "저 사람들 가까이에 있을
필요 없어"라고 말한 것을―그건 그렇고, 자네는 자네만의 세계에

---

* Hexagram. 주역의 64괘를 가리킨다. 『햄릿』에 주역의 괘를 풀이한 것 같은 구절
들이 있기 때문인 것으로 생각으로 보인다.
** 태양의 신 헬리오스의 사랑을 받지 못해 구 일 동안 식음을 전폐하고 그를 올려다
보다가 대지에 그대로 뿌리를 내리고 해바라기꽃이 된 요정.
*** 오프브로드웨이 우수연극상을 가리키는 것으로 추정된다.

간혀 산다고들 하던데" 라는 왕자의 말에 "네 맞아요" 하고 오비가
말한다 "& 게다가 나는 생일 파티에 안 가죠" "좋았어" 하고 왕자가
말한다 "앞으로도 계속 잘하게" …… 이 안장을 안 깐 기계로 말하
자면—왕자는 자기가 그 위에 앉아 있다고 확신하지만 그것을 타
고 있는지에 대해서는 잘 모를 때가 있다—자기가 그것을 타고 있
다는 확신이 들 때도 있지만, 그럴 때는 그것에 안장이 안 깔려 있
는지 그다지 확신하지 못한다—어쩌다가 자기가 안장을 안 깐 무
언가를 타고 있다는 것을 확신하지만 그게 기계인지는 확실히 알
지 못한다 …… 그의 일상의 모험들, 성공하지 못한 달러들 & 기
타 해적들이 그를 확실성으로 완전히 속박하여 분수를 알게 하려
는 시도를 한다 "팔씨름 할래요?" 라고 누가 말한다—"당신은 가
짜요—왕자가 아니오!" 좀더 똑똑한 자들이 그렇게 말하고 욕조에
들어가 늘 마시는 술을 달라고 한다 …… 필부필녀들이 무더기로
우수수 굴러떨어지는 것을 보고 왕자가 말한다 "우습지 않은가, 원
하는 것을 아무리 찾아도 한 조각도 줍지 못하니 말이야" 그는 이
말을 대개는 하루에 한 번 안장을 안 깐 기계에게 건네지만—기계
는 결코 대꾸하는 법이 없다—대부분의 훌륭한 인물들이 그렇다

1인칭으로 쓴 것이나 연기한 것을 수용할 능력이 없어서가 아니
다—단지 제2의 인칭이 없어서다.

매머드 노아 & 동양의 약탈자들이 모두 도덕적 비난을 받고 있다
& 몸에 꼭 끼는 의상을 입고 있는 화합의 사제—그는 지금 천사들
과 함께 있다 & "모든 게 소용없어—소용없어" 라고 그가 말한다

& 고대 천정天頂의 시인인 본능―말굽을 신으며 히힝 하고 말한다
"모든 게 소용없지 않다―모든 것은 매우 의미심장하다!" 여왕의
졸卒을 훔치는 미친 피리 부는 사나이 & 승리의 함성 "어느 쪽도 아
니다―어느 쪽도" & 소각되는 감옥들 & 무너지는 감옥들 & 새로
도착한 영혼들이 파고 있다―자기들의 손톱을 파고 있다―손톱
으로 손톱을 파고 있다 …… 목표―할복―당신의 무해한 운명에
지분거리는 매정한 어머니 …… 조지 래프트―리처드 닉슨―리버
라체치―d. h. 로런스 & 파블로 카잘스의 모습―모두 똑같은 사
람―& 분투하고―분투하고 & 무기에서 불어내는 둥근 연기 & 모
든 것을 파고―판다

어릿사―갤럽에서는 69번으로 알려져 있고―
윌링에서는 발정난 고양이로―피츠버그에서는
5번으로―브라운스빌에서는 왼쪽 길,
외로운 소리로―아틀란타에서는
춤추지 말고 들으시오로―볼링 그린에서는
안 돼, 또 그러다니로―그녀는 저 위
샤이엔에서는 암말로―뉴욕 시에서는
그냥 평이한 어릿사로 알려져 있지 …… 나는
내 비장의 카드로 그녀를 연주하리

나는 무언가 가치 있는 일을 하고 싶다, 이를테면 바다에 나무를
심는 일이랄까 그런 것, 그러나 나는 그저 기타리스트일 뿐이다―

멜로디와 공존하는 흑인 여자, 그녀의 명성에 대한 우스꽝스러운 두려움은 없다 & 나는 흑인 여자가 자신의 공존을 느끼듯 나의 증발을 느끼고 싶다 …… 나는 소리굽쇠를 가지고 다니고 싶지 않다

햄릿 왕자—그는 토템 폴* 어디엔가 있다—그는 콧노래로 힘이 없는 얕은 노래를 부르고 있다 "오 무덤 옆에서 나를 죽이는"—어릿사—이주자들의 레이디 고다이바**—그녀도 노래를 하고 있다 …… 토템 폴 아래에 많은 역사가들이 있다—모두 생계를 꾸리는 척한다—스파이와 관세사도 많다—교황들은 단념하지 않는다 & 예술가들은 그동안 살아간다—그동안이 죽고 그 자리를 가끔이 차지한다—진정한 가끔이 있는 적은 결코 없다 & 관세사들과 스파이들은 대개 겨울 휴가 때 인기 스케이트 선수가 된다 & 그동안에 대해 곰곰이 생각에 잠긴다/ 그들은 대개 자기들의 선배들 외에는 그 토템 폴 아래 있는 사람들을 전혀 모른다 …… 추운 샌프란시스코 & 포***와 유명한 야만인들의 마법에 걸려 있는 뉴욕 "가진게 아무것도 없으면 성공할 수 있어" 왕자가 저녁식사인 스파게티를 앞에 두고 입맛을 다시며 말한다—진창이 된 아이스링크에서 낭비하는 인생—아무에게도 속하지 않는 인생 & 벌목꾼들이 오고

---

* Totem pole. 아메리카 원주민이 신성시하는 상징물을 새기거나 그림이 그려진 기둥.
** Lady Godiva. 영국의 백작 부인으로 영주인 남편이 소작인들에게 부과한 과도한 과세에 대한 항의로 발가벗고 말을 타고 달림으로써 남편이 과세를 경감하도록 한 인물로, 13세기부터 전해내려오는 전설속 인물이다.
*** Edgar Allan Poe(1809~49). 미국의 작가, 시인.

있다 "나는 찾고 있다오—어떤 의미를 찾고 있다오!"라고 도망친 늑대 인간 레이디 저그가 말한다—그녀는 크롬 헬멧을 쓰고 있다 & 지난 열 달 동안 유고슬라비아에서 공부했다—그녀의 오토바이에 주크박스가 내장되어 있다 "너는 소견이 좁은 사람이야—너의 머리는 제한되어 있어—너는 어떤 감각을 가져야 하겠느냐?"라고 왕자가 말하자 "나도 토템 폴에 있고 싶다오"라고 그녀가 속마음을 털어놓는다, 이에 왕자는 "벌목꾼들이 오고 있다"라고 말하고는 셔츠 자락을 끄집어낸 다음 허공에 원을 그리기 시작한다 "이 셔츠 자락에 붙은 자석들이 순간의 조각들을 모두 끌어당길 거야—그런데 있잖은가—내가 할 일이 있어서 그러는데—가서 어떤 사람을 만나보지그래—그의 이름은 신음이야—그가 네 고민을 해결해줄 거야—& 만일 그가 못하면 해결해줄 수 있는 누군가를 알고 있지" 저그의 친구, 드럼을 치기보다는 그저 드럼에 북채를 떨어뜨리는 드러머인 그가 숲에서 나온다—약간 사디스트 타입이며 의복이라고는 해병대 제복과 색이 바랜 간호사복밖에 없는—그가 외친다 "나는 파트너를 찾고 있소—내게 비밀을 좀 주시오!" & 그러더니 놀고 있던 어린 두 소년 중 한 명이 "내가 세상의 주인이라면 모든 사람에게 백만 달러씩 줄 거야" 하자 다른 한 명이 "내가 세상의 주인이라면—모두 평생 한 번은 세상을 구원할 기회를 갖도록 하겠어" …… 헥사그램의 햄릿 왕자—그가 자기 차례가 되어 줄리 앤 존슨* 양을 끌어당겨 사랑을 나눈다 "비밀을 달라고 했잖소—나는 다른 사람들과 다른 게 없는 사람이라오"라고 드러머가

---

* Julie Ann Johnson. 미국 19세기 전통 민요로 레드 벨리가 1934년에 불렀다.

말한다 & 왕자는 토템 폴에 멤피스―런던 & 베트남을 조각한다 "세
상에 존재하는 것을 몇 가지밖에 없지: 부기우기―영향력이 큰 개
구리들―내슈빌 블루스―행진하는 하모니카―여든 개의 달 & 잠
자는 난쟁이―계속되는 것은 단 세 가지밖에 없다: 인생―죽음 &
벌목꾼들이 오고 있다"

돈 룩 백

예술작품의 위대함은 오직 이데올로기가 가리는 것을 말하는 데에 있다.
_테오도어 아도르노, 「서정시와 사회에 대한 강의」

엘비스가 몸을 해방시켰다면, 딜런은 정신을 해방시켰다.
_브루스 스프링스틴

1965년 5월 초, 영국 사보이호텔 방, 존 바에즈가 기타를 치며 〈퍼시의 노래〉*를 부르고 있다. "흥보가, 흥보가, 날아드네……" 어디선가 타자기를 두드리는 소리가 들린다. 한참 동안 바에즈의 얼굴을 클로즈업하던 카메라가 물러나며 왼쪽으로 옮겨가더니 밥 딜런의 뒷모습을 보여준다. 그는 벽을 향하고 앉아 타자기를 두드리고 있다. 그의 매니저 앨버트 그로스먼이 화면의 왼쪽에 앉아 있다. 조금 후에 도노번이 보인다. 이들 외에 정체를 알 수 없는 여자 한두 명이 더 있다. 바에즈의 노래는 타자기 소리와 함께 계속되고 있다. "돌아서요, 돌아서요, 다시 돌아서요……" 타자기 오른쪽에 펼쳐놓은 자필 원고인지 메모인지 무언가 손으로 쓴 것을 타자기

---

* Percy's Song. 세번째 앨범 《시대는 변하고 있다The Times They Are A-Changin'》를 위해 1963년에 취입했으나 1964년 1월 17일에 발매된 레코드에서는 빠진 곡.

로 옮기고 있다. 기록영화 〈뒤돌아보지 마라Dont Look Back〉*의 한 장면이다.

그가 타자기로 치던 것은 가사였을까? 그 장면이 끝나기 전, 타자기에 끼운 종이가 잠시 클로즈업된다. 내용은 알아볼 수 없어도 단락 형태로 여백 안쪽이 가득 채워진 것으로 봐서 시나 가사는 아닌 게 분명하다. 그가 타자기로 친 가사 원고와 비교해보면 알 수 있다. 산문임이 분명하다. 『타란툴라』일까? 『타란툴라』의 초고는 1963~64년에 걸쳐 쓰인 것으로 보인다. 1965~66에 걸쳐 쓰였을 것이라는 자료도 있다. 이와 같은 점들, 그리고 그 시기가 출판사로부터 독촉을 받던 시기이며, 유럽에서 돌아와 6월에 편집자를 만난 점 등을 종합해보면 딜런이 호텔에서 타자기로 치고 있던 것은 『타란툴라』임이 거의 확실하다.

『타란툴라』의 집필 시기를 따져보는 이유는 그것이 이 책의 이해에 중요할뿐더러 그의 음반과도 밀접한 관련이 있기 때문이다. 1959년, 대학생이 된 밥 딜런은 1학년을 마치기도 전에 자퇴하고 1961년 1월에 뉴욕으로 갔다. 그리고 2월부터 그리니치빌리지의 클럽들을 돌아다니며 포크송을 불렀다. 9월에는 '거즈 포크 시티 Gerde's Folk City'라는 클럽의 무대에 선 것이 뉴욕타임스에 기사화되었고, 같은 달 포크싱어 캐럴린 헤스터Carolyn Hester의 음반을 취입할 때 〈미드나이트 스페셜〉의 하모니카 주자로 참여했다가 음반 프로듀서인 존 해먼드John Hammond에게 발탁되었고, 10월에 컬럼

---

* 1965년 4월 30일에서 5월 10일에 걸친 영국 순회공연을 기록한 흑백영화다. 상영 시간은 96분. 1967년 5월 17일 샌프란시스코에서 개봉되었다. 제목의 "Dont"가 Don't로 표기되지 않은 것은 의도적이다.

비아 음반사와 계약을 맺었다. 회사 측에서는 "해먼드의 바보짓"이라며 계약을 철회하라고 했지만, 해먼드는 주장을 굽히지 않았다. 재능을 알아보는 그의 감식안은 우리가 지금 잘 아는 바와 같이 딜런의 경우에도 빗나가지 않았다. 그렇게 해서 1962년 3월에 첫 음반《밥 딜런Bob Dylan》이 나왔다. 수록된 열세 곡 중 그의 자작곡은 두 곡이고 나머지는 모두 전통 포크송이었다. 8월에는 로버트 앨런 지머먼에서 로버트 (밥) 딜런*으로 개명하고 앨버트 그로스먼과 매니지먼트 계약을 맺었다. 12월에는 영국 BBC 방송국의 초청을 받아 영국으로 건너가 텔레비전 드라마에 출연해 극이 끝날 때 미발표 신곡 〈불어오는 바람 속에Blowin' In the Wind〉를 처음으로 불렀다. 그리고 이듬해인 1963년 1월까지 영국에 머무는 동안 런던의 포크 클럽들을 돌며 공연을 했다.

뉴욕으로 돌아온 딜런은 1963년 5월에 2집 음반《자유분방한 밥 딜런The Freewheelin' Bob Dylan》을 발표했다. 〈불어오는 바람 속에〉는 이 음반의 첫 곡이다. 취입은 1962년 4월부터 12월까지 여러 차례에 걸쳐 이루어졌다. 그는 흑인 영가와 같은 전통 음악 멜로디에 새 가사를 붙여 부르기 시작했다. 〈불어오는 바람 속에〉도 부분적으로는 그렇게 만들어 부른 곡 중 하나다. 인권, 핵 공포, 사랑을 내용으로 하는 노래들에 '저항의 노래'라는 꼬리표가 붙었고, 그는 이 음반을 통해 본격적으로 싱어송라이터로서 명성을 날리기 시작했다. 이 음반부터 『타란툴라』에서 볼 수 있는 초현실주의적

---

* 웨일스 시인 딜런 토머스Dylan Thomas의 이름을 따서 개명한 것으로 널리 알려져 있으나 밥 딜런 자신은 '딜런Dillon'이라는 삼촌의 이름을 따서 철자만 바꾸어 붙인 것이라고 밝힌 바 있다.

인 표현과 유머가 간간이 보이기 시작한다. 이 점은 『타란툴라』가 1963년부터 쓰이기 시작했으리라는 추측을 뒷받침해준다.

그로부터 3개월 뒤인 1963년 8월 6일에 시작해 10월 31일에 취입을 끝낸 3집 음반 『시대는 변하고 있다』가 1964년 1월 31일에 발표되었다. 그런 뒤, 그는 2월에 친구들과 함께 뉴욕에서 캘리포니아까지 20일간의 여행을 떠났다. 이 여행에서 시인 칼 샌드버그*를 찾아갔고, 〈자유의 교회종Chimes of Freedom〉과 〈미스터 탬버린 맨 Mr. Tambourine Man〉을 만들었다. 그리고 2월 15일에는 덴버에서 처음으로 〈자유의 교회종〉을 불렀다. 이 곡에서 천둥번개가 치는 요란한 굉음crash은 성당 종소리에 비유되는데, 『타란툴라』에도 그와 유사한 구절이 등장한다. "그**는 성당 종소리 가운데서 죽기를 원한다." 나중에 다시 언급하겠지만, 『타란툴라』는 딜런이 가사를 쓰기 전에 영감과 발상, 상상력에 이끌려 나오는 모든 자유 연상을 여과 없이 쏟아놓은 결과물이라는 추측을 가능케 하는 많은 사례 중 하나라고 할 수 있겠다.

딜런은 1964년 2월의 그 자동차 여행중 라디오에서 흘러나오는 비틀즈의 〈네 손을 잡고 싶어I Wanna Hold Your Hand〉를 처음 듣고는 충격을 받아 여행에서 돌아온 즉시 전기기타를 찾았다. 그러나 그의 시작은 사실 전기기타에 있었으며, 어쿠스틱기타를 거쳐 전기

---

* 본문 중 「격노한 사이먼의 고약한 유머」에 그의 시가 인용된다.

** 여기서 그는 딜런 자신이겠지만, 1963년 11월 22일 JFK 암살 직후, 그 사건을 소재로 쓴 시에 "성당 종소리가 은은히 불타고 있다"는 내용이 있는 것을 보면, 이 구절의 그는 딜런 자신 외에 JFK를 가리키는지도 모른다(그러나 딜런은 그 구절이 JFK와 관련이 있다는 해석을 부인한다).

기타로 돌아온 것이다(이와 관련해서는 나중에 다시 언급할 것이다).

〈자유의 교회종〉에서 느낄 수 있듯이 딜런은 그때 이미 프랑스의 상징주의 시인 아르튀르 랭보에 심취해 있었다. 그리고 친구들에게 랭보야말로 갈 길이며, 랭보처럼 글을 쓰겠다고 말하곤 했다. 그리고 그해 4월, 그는 처음으로 LSD를 경험했다. 그런 가운데 6월 9일에 4집 음반《밥 딜런의 또다른 면Another Side of Bob Dylan》을 취입해 8월 8일에 발표했다. 그러고는 곧장 뉴욕 우드스톡에 있는 그로스먼의 집으로 가서 여름 내내 레드와인과 각성제, 담배 연기에 잠겨 타자기를 두드렸다. 이때 『타란툴라』의 상당 부분을 더 집필한 것으로 보인다.

밥 딜런의 앨범 가운데 『타란툴라』와 시기적으로 가장 밀접한 관련이 있는 것을 꼽자면 『시대가 변하고 있다』보다는 『밥 딜런의 또다른 면』일 것이다. 집필 시기를 봐도 그렇거니와 이 앨범부터 비유의 남용catachresis이라 불리는 수사학적 표현이 두드러지기 시작하기 때문이다. 이것은 일종의 은유법으로서, 서로 어울리지 않고 모순되고 부조리한 구성 요소들을 충돌시켜, 비논리적이고, 부자연스럽고, 억지스러운 무엇을 연상하게 만든다. 이 구성 요소들은 공감각에 호소하는 경우가 많다. 그래서 그것을 읽는 우리도 공감각에 의존할 수밖에 없다. 예를 들어 이 음반에 실린 곡 〈나의 뒤 페이지들My Back Page〉에 나오는 'corpse evangelists'라는 표현은 '시체'와 '전도사'를 뜻하는 단어의 결합이다. 그대로 번역하자면 '시체 전도사'인데, 이것이 무엇을 뜻하는지 언뜻 이해가 되지 않을 것이다. 영국의 시인 존 밀턴은 〈리시디아스Lycidias〉에서 부패한 성직자를 꾸짖어 "Blind mouthes"라고 한다. 그대로 옮기면 '눈먼 입들'인데, 이것이 무엇을 뜻하는지 파악하는 데도 어느 정도 시간이 걸린다. '앞을 보지 않으면서 먹기만 하는 사람들'이거나 '맹목적으로 식욕에 이끌려 사는 사람들'을 의미할 것이라는 생각에 이를 수는 있어도 분명히 어느 것이라고 확정하기는 어렵다. 같은 곡에 나오는 "confusion boats"도 마찬가지다. "혼란의 배"일까? 문맥을 보면 그런 것 같지만, 이 노래의 배경을 알면 그것마저 불확실해진다. 원문 표현으로 미루어보아 'confusion coloration'(보호색)을 떠올려 상상의 외연을 넓혀볼 수 있겠으나, 원어민이라도 그런 생각에 이를 수 있는 사람이 몇이나 될지 의문이며, 번역으로는 더욱 어려운 일이다. 그나마 노래 가사에는 그런 표현들이 간간이 등장하지만, 『타란툴라』에는 그런 표현들이 태피스트리의 무늬처럼 수놓여 있다. 첫 페이지부터 등장하는 "funeral landlord"는 무슨 말일까? '장의사'를 뜻하는 'funeral director'를 통해 유추해보면 '장례 지주' 정도로 옮길 수 있겠지만, 영어 원문으로도 저자의 의도를 알기 힘든 표현을 글자 그대로 옮겨놓으면 영어의 개별 단어가 지니는 외연이 번역으로 달라지거나 좁아져 더 알기 힘들어진다(이 경우, '송장'이라는 속뜻을 밝혀 옮기고 보니 원문의 풍부한 상상의 폭은 조금 좁아진 듯하지만, 보다 용이한 이해를 위해 어쩔 수 없는 선택이었다). 그보다 앞서 나오는 "harmonica battalion"은 또 무엇일까? 포병대대artillery battalion가 아닌 "하모니카 대대"라니, "funeral landlord"보다 조금은 더 상상하기 용이할지 몰라도 역시 난감하지 않을 수 없다. 또 'fertile egg'(수정란)나 'fertile land'(옥토)가 아닌 "fertile bubbles"(비옥한 거품)는 무엇일까? 더욱이 이런 구절들이 한 개 이상 모여 한 덩어리의 문장을 이룰 때, 대부분의 경우 논리적인 이해의 시도는 좌절을 맛보게 될 것이다. 그럴 때 대안으로 삼을 수 있는 독법은 그의 글을 살바도르 달리의 초현실주의 그림으로 가정하고 개개의 단어들을 머릿속에 구체적인 형체로 떠올려 입체적인 상상을 해보는 것이다. 논리와 합리는 보류할 수밖에 없다. 달리의 그림을 감상하며 일반적인 일상의 합리와 논리를 따진다면 우리는 영원히 절망할 것이다. 랭보와 환각제, 일정한 룰이 없는 게임, 또는 살바도르 달리, 르네 마그리트, 막스 에른스트의 콜라주, 어쩌겠는가?

1965년 1월 14일에 취입해 3월 22일에 발표한 5집 음반《모두 가지고 돌아오다Bringing It All Back Home》가 어떤 경험과 배경에서 만들어진 곡들로 이루어졌을지 짐작하기란 그리 어렵지 않을 것이다. 이 음반은 한 면은 어쿠스틱기타, 다른 한 면은 전기기타를 사용한 곡들로 구성되어 있다. 그리고 무엇보다 저항의 노래로부터 눈에 띄게 멀어졌다. 그러나 사실 1964년, 와인을 홀짝이며《밥 딜런의 또다른 면》을 녹음할 때 그는 이미 '정치'에는 이별을 고했다.

다시 1965년 5월, 우리는 영국의 호텔 방으로 돌아간다. 바에즈는 1963년 7월, 로드아일랜드의 뉴포트 포크 페스티벌에 딜런을 초청했으며, 두 사람은 연인 사이가 되었다. 그리고 그들은 8월 28일 워싱턴 행진*에서 함께 노래를 불렀다. 그러나 두 사람의 관계는

---

* March on Washington for Jobs and Freedom. 일자리와 자유를 위한 워싱턴 행진. 미국 흑인들이 겪는 정치·사회적 어려움을 드러내고 변혁을 촉구한 궐기 대회로 인권운동에 큰 추진력을 제공했다. 마틴 루서 킹 주니어가 인종 평등을 부르짖은 연설 '나에게는 꿈이 있습니다Have a Dream'로도 유명하다.

오래 지속되지 않았다. 1964년, 아마도 하반기였을 것으로 파악되는데, 딜런은 새라 로운즈Sara Lownds를 알게 되었다. 그러니까 그에게 1964년은 음악적인 면에서나 애정 관계에서나 큰 변화가 일어난 해였다. 그런 배경을 알면 바에즈가 왜 근심스러운 얼굴로 "홍보가, 홍보가, 날아드네…… 돌아서요, 돌아서요, 다시 돌아서요……"를 부르고 있었는지 짐작할 수 있을 것 같다. 바에즈는 딜런의 매니저 그로스먼이 가자고 해서 따라갔지만, 딜런은 단 한 번도 그녀를 무대에 세우지 않았다. 그래서 노래로 항의하는 것이었는지도 모른다. 어쨌든 이 다큐멘터리의 제목처럼 딜런은 뒤돌아보지 않는다. 그는 출판사에서 독촉하고 있는 『타란툴라』 원고를 타자기로 옮기고 있었을 것이다. 그해 11월 22일, 딜런과 로운즈는 비밀리에 결혼하고 이듬해인 1966년 1월 6일에 아들을 낳았다. 그로부터 약 10년 뒤, 바에즈가 어느 공연에서 딜런과 만났을 때 "우리가 결혼했더라면 어땠을까?"라고 묻자 딜런은 "나는 내가 사랑한 여자와 결혼했어"라고 잘라 말한 바 있다. 아무튼 그 다큐멘터리의 제목처럼, 〈그녀는 내 여자She Belongs to Me〉의 "뒤돌아보지 않"는 그녀처럼, 전설적인 야구선수 새철 페이지Satchel Paige가 "뒤돌아보지 말라. 무언가 당신을 따라잡고 있을지 모르니까"라고 말한 것처럼, 딜런은 절대로 뒤돌아보지 않는다. 『타란툴라』의 어릿사는 그에게 "추억에 의존하지 말라고 가르친다". 그것은 「키스하는 기타들 & 당대의 난관」의 "산에서 내려온 대중 선동가", 우리의 차라투스트라가 설파하는 내용이기도 하다.

아모르 파티

〈그녀는 내 여자〉의 "뒤돌아보지 않"는 그녀는 '예술가' 또는 '연주가'다. 뒤를 돌아보지 않는다는 것은 원한ressentiment 또는 복수심을 품지 않음을 의미한다. 니체의 차라투스트라가 말하는, 복수심에 불타는 타란툴라가 되지 않음을 의미한다. "의지는 역행하여 작용할 수 없다"고 차라투스트라는 말한다. 우리는 과거를 바꿀 수 없다. 이에 니체가 주는 조언은 운명을 사랑하라는 것amor fati이다. 니체가 볼 때 평등이니 정의니 하는 것은 복수극을 펼치기 위한 구실에 불과하다. 복수심은 예술에 치명적이다. 우리는, 특히 예술가는 백미러를 들여다보면 앞으로 나아갈 수 없다.『타란툴라』의 딜런은 대중음악의 차라투스트라다. 그는 차라투스트라의 현대판 타란툴라를 드러내 보인다. 그들은 처벌 욕구가 강한 사람들을 경계하라고, 정의를 입에 달고 사는 사람들을 조심하라고 가르친다.

어릿사

"반짝이는 성가 주크박스의 여왕, 그의 여왕"인 어릿사, "황금처럼 빛나고 상냥한" 어릿사, "비옥한 거품, 변덕, 겉만 번지르르한 싸구려 포도주 중독자 등 모두에게 두루 내장까지 검은 영혼"인 어릿사, 〈널 원해I Want You〉의 "스페이드의 여왕the Queen of Spades"인 어릿사는 누구일까? 또는 무엇일까? 이를 알려면 딜런이『타란툴라』를 쓴 시기의 전후 배경을 살펴보지 않을 수 없다.

밥 딜런은 1941년 5월 24일에 태어났다. 열 살 무렵부터 피아노와 기타를 치기 시작했으며, 고등학생 시절에는 록 밴드의 멤버로 활동했다. 1959년, 미네소타 대학교 신입생이었을 때, 우연히 레코드 가게에서 흑인 여가수 오데타의 레코드를 듣고 감동을 받아 전기기타를 팔고 어쿠스틱기타를 샀다. 그때 딜런이 처음 발견한 그녀의 "해머링온 주법의 강렬한 기타 연주와 장중한 목소리"가 그에게 끼친 영향은 기타를 바꾼 것에서 끝나지 않았다. (그는 한 인터뷰에서 어쿠스틱기타로 바꾼 이유는 밴드 멤버가 없이 혼자서도 연주와 노래를 할 수 있기 때문이라고 말한 바 있다. 『타란튤라』의 「격노한 사이먼의 고약한 유머」에는 "내 전기기타를 주고/ 거트기타라는 걸 구입했어⋯⋯/ 혼자서 칠 수 있어—밴드가 필요 없이—"라는 부분이 나온다.)

그 일이 있고 나서 얼마 후인 1960년 초, 오데타는 미니애폴리스에서 공연을 하고, 딜런은 그녀를 찾아가 그녀의 곡을 연주해 보였다. 그는 《오데타의 포크송Odetta Sings Folk Songs》이라는 그녀의 1956년도 음반을 모두 외우고 있었다. 이때 그녀는 딜런에게 재능이 있다는 말을 해주는데,* 그는 이 말에서 뉴욕에 갈 자신감을 얻는다. 그리고 1961년 추운 겨울, 그는 뉴욕에 숙명적인 첫발을 내디뎠다.

딜런은 그리니치빌리지의 포크 클럽이나 커피숍에서 노래를 불렀다. 그러던 어느 날, 무대 뒤에서 알게 된 한 여자의 여동생을 소

---

* 오데타는 딜런이 유명해진 1963년에 〈불어오는 바람 속에〉를 비롯한 딜런의 노래 모음 《오데타가 딜런을 부르다Odetta Sings Dylan》라는 앨범을 낸다.

개받는다. 그녀의 이름은 수지 로톨로. 딜런은 그녀가 "『천일야화』의 이야기 속에 들어간 느낌을 주는 여자, 인파로 뒤덮인 거리를 밝혀주는 웃음의 소유자, 쾌활하고 관능적인 여자"였다고 말한다. 그의 첫사랑인 듯하다. 이탈리아계인 수지는 자유분방한 집시 같은 진보 성향 아티스트로, 딜런은 그녀를 통해 뉴욕의 미술 세계를 접했다. 딜런이 그림 그리는 버릇을 들인 것도, 프랑스의 상징주의 시인 랭보를 알게 된 것도 그녀를 통해서였다. 그러나 로톨로의 어머니는 딜런을 몹시 싫어해 두 사람 사이를 갈라놓으려고 했다. 결국 그녀는 1962년 이탈리아로 미술 공부를 하러 떠나고, 딜런은 계속해서 그녀에게 어서 돌아오라는 사랑의 편지를 보냈다. 그러나 나중에는 차츰 서로 다른 길을 가게 된다. 그때의 갈망과 상실감이 1963년 5월에 나온 앨범《자유분방한 밥 딜런》에 반영되었는데, 이 앨범 재킷 사진에서 그와 팔짱을 끼고 있는 여성이 수지 로톨로다.

1962년 딜런은 소울, R&B, 가스펠 가수인 메이비스 스테이플을 만났다. 그녀는 스테이플스 싱어즈Staples Singers라는 가족 팝 그룹의 막내다. 딜런이 그들을 처음 만났을 때, 그들은 그의 음악을 잘 몰랐지만, 그는 그들의 음악을 속속들이 꿰고 있었다. 딜런은 그녀가 "크고, 강한 목소리"를 가지고 있다고 말하고, 그녀의 아버지에게 그녀와 결혼하고 싶다는 뜻을 밝혔다. 단순히 그녀의 목소리나 노래 때문에 구혼한 것은 아니다. 그러나 스테이플은 스스로 흑인은 흑인끼리 결혼해야 한다는 이데올로기에 밀려 결국 딜런의 구혼을 받아들이지 않았다. 그러나 강렬하고 열정적인 목소리의 흑인 여가수 이미지는 그의 노래에서 사라지지 않는다. 그뿐 아니라 그는 훗날 1978~87년 기간에는 어디를 가나 거의 항상 흑인 여성으로 구성된 백 보컬에 의존했다.

『타란툴라』의 어릿사는 그런 이미지의 화신이다. 그녀는 〈뷰익 6에서〉의 "정열적인 아가씨soulful mama"다. 딜런은 "그녀는 나를 [검은 피부로] 숨겨주지 (……) 그녀는 보 디들리처럼 걸어, 목발이 필요 없지"라며 진짜 소울 뮤직을 하려면, 보조 수단이나 꾸밈이 필요 없는 흑인 R&B 아티스트가 있어야 한다고 노래한다. 어릿사는 바로 그 소울 뮤직의 원형이며, 어릿사 프랭클린은 그런 화신의 하나다.

딜런은 《자유분방한 밥 딜런》에 쓰려고 녹음했던 곡 중에서 블루스 두 곡을 뺐다. 자신이 부르는 블루스가 음악의 검은 얼굴, 다시 말해서 '흑인 분장을 한 백인blackface'의 흑인 흉내 내기라는 강한 자의식을 느꼈던 것이다. 10대에 모방해서 자기 것으로 만들었다고 생각한 노래들이 사실은 모조품에 불과했음을 깨달았다. 그리니치빌리지의 무명 시절, 그는 근대 재즈의 개척자인 피아니스트 셀로니어스 멍크가 리허설을 하는 곳에 무작정 들어가 그와 이야기를 나눈 적이 있다. 포크뮤직을 한다는 딜런의 자기 소개에 "우리는 모두 포크뮤직을 하는 것"이라는 멍크의 대답은 그로 하여금 겸허한 마음이 들게 하기에 충분했다. 멍크의 한마디는 곧장 딜런의 가슴을 후비고 들어가 깊은 인상을 남겼다.

1960년대 뉴욕의 그리니치빌리지를 중심으로 한 포크뮤직계의 가장 큰 화두는 무엇이 진짜 포크뮤직인가 하는 일종의 '진품' 가리기와 민권운동이었다. 초기 블루스 음악인 델타 블루스와 더스트볼Dust Bowl 발라드로 치장한 백인 대학생들을 비롯한 백인 지식인들이 장악한 포크뮤직의 현장에 흑인은 없었다. 그들은 포크싱 어들에게서 돈만 좇지 말고 사회 운동에 참여할 것을 기대했다. 이 시기에 딜런도 수지 로톨로의 '안내'를 받아 그 현장에 있었고, 그런 분위기 속에서 앨범《자유분방한 밥 딜런》이 나왔지만, 그의 마음은 편치 않았다. 이 앨범에서 블루스 두 곡을 뺀 것도 그 때문이었을지 모르겠다. 흉내 내기에 불과하다는 자의식. 열심히 흑인 음악을 흡수했는데 정작 흑인이 있어야 할 운동의 현장에 흑인 가수는 없었다는 사실. 그는 이 문제를 의식하고 갈등했던 것으로 보인다. 그리고 워싱턴 행진에서 노래든 말이든 행동이든 흑인 같은 꾸밈을 피했다. 밥 딜런은 노먼 메일러의 백인니그로*이기에는 너무 솔직하고 자아가 분명하고 강한 청년이었다. 어쨌든 그는 "이데올로기가 가리는 것"을 드러내 노래에 담았다. 그리고 워싱턴 행진에서 마틴 루서 킹 주니어 목사의 연설 전에 노래를 불렀으나, 그해 1963년 12월, 어느 인권단체가 주는 상을 받는 자리에서 그 시위 현장에 모였던 흑인들을 비판했다. 주변의 흑인들이 모두 말끔한 양복 차림이었다며, "자신이 존경받을 만한 흑인임을 보이기 위한 차림새"를 딜런은 곱게 보지 않았다. 허식, 가식, 위선—이런 것들은 딜런의 본성과는 거리가 멀었다. 그 행사를 계기로 그는, 비

---

* 미국의 소설가 노먼 메일러는 1957년 「백인니그로-힙스터들에 대한 피상적인 의견」이라는 긴 에세이를 써서 1950년대의 서브컬처를 기록했다. 재즈를 즐겨 듣고, 순응주의적인 삶에서 해방되고자 하며, 흑인 문화를 자기들 것으로 채택한 젊은 '힙스터' 백인들에 대한 분석 비판이다. 메일러가 일컬은 '백인니그로'는 흑인처럼 옷을 입고, 흑인 영어를 사용하고 흑인 음악을 듣는 이들이다('니그로'는 사실 경멸적인 명칭이 아니다. 마틴 루서 킹 주니어 목사도 자신의 인종을 가리켜 '니그로'라고 했다. 오히려 'black'이 원래는 경멸적인 말이었다).

록 일시적인 참여였지만, 마음속으로 '운동'과는 결별을 고했다. 그리고 1964년 자신은 "민권운동과는 아무런 상관이 없다"고 천명했다. 또한 운동에 참여하면 운동 말고는 아무것도 할 수 없을 것이며, 따라서 어떤 단체와도 관계하지 않겠다고 말했다. 그가 변절했다는 일각의 평은 사실이 아니다. 그는 원래부터 그랬다. 사람들이 각자 그에게서 자신이 보고 싶은 것을 보고 그에 따라 생각했을 뿐이다. 그런 그의 입장은 나이 일흔을 넘긴 지금도 변함이 없는 듯하다.

그는 "검은 피부"를 쓰고 노래하는 한계를 벗어나 "내장까지 검은 영혼"이고 싶었다. 『타란툴라』의 "검은 잡종"이 아니고자 했지만, 그것은 원천적으로 불가능하다는 것을 일찌감치 깨달은 듯하다. 『타란툴라』의 "집시 여성"은 딜런 스스로 자신이 백인임을 폄하하게 만드는 관능의 이상형을 상징한다. 그렇다고 그가 흑백의 경계가 분명하다고 생각했던 것은 아니다. 그런 그에게 "어릿사"는 '흑인 여신'이요 뮤즈다. 그래서 그는 『타란툴라』를 시작하며 주문처럼 '그녀'를 불러낸다. 호메로스가 영감을 달라고 여신을 호출하듯이. 그런 측면에서 『타란툴라』는 작은 『오디세이아』이다. (그렇게 보면 〈구르는 돌처럼Like a Rolling Stone〉에서 "기분이 어때?How does it feel?"라고 던지는 물음은 에디 세지윅Edie Sedgwick을 향한 말임과 동시에 의지할 것 없이 바다의 거친 풍랑과 씨름하는 율리시스 같은 기분이 된 딜런 자신을 향한 자조의 말이 아닐까?)

『타란툴라』가 끝날 무렵, 그는 "여기 밥 딜런이 잠들다"라며 자기의 죽음을 알린다. 원문에 영어 소문자로 표기된 "bob dylan"은 그것이 그의 여러 모습 중 하나임을 시사한다. 수태고지와도 같이

"겨울에 얼굴이 검은 악사가 나타나 자기가 두 여인에게서 났다"고 하는 구절의 두 여인 중 한 여인에게서 태어난 자신을 묻었다는 말일까? 아니면 소위 '저항 음악'의 밥 딜런이 죽었다는 것일까? 아니면 이제 어릿사에게서 새로 태어났음을 알리는 고지일까?

1965년 6월 15일, 영국에서 돌아온 딜런은 컬럼비아 스튜디오에서 〈구르는 돌처럼〉을 취입하기 시작해 6집 음반《다시 찾은 61번 고속도로Highway 61 Revisited》를 8월 31일에 발표한다. 그리고 10월에는 7집 음반《블론드 온 블론드Blonde on Blonde》를 취입하기 시작해 1966년 5월에 발표했다. 이 앨범이 나오기 전 4-5월의 유럽 공연에 『타란툴라』 교정지를 가져갔지만, 손도 대지 못한 것으로 보인다. 그리고 6월에 유럽 공연 다큐멘터리 영화의 편집에 참여하던 중 맥밀런 출판사의 편집자 로버트 마켈을 잠깐 만나지만 결과물은 없었다. 그해 가을에 출간 예정으로 대대적인 광고를 하던 출판사로서는 참으로 난감했을 것이다. 그리고 7월 29일, 딜런은 오토바이를 타다 사고를 당했는데, 크게 다치지는 않았지만 이것을 계기로 한동안 모든 활동을 중단했다. 이때 심각하게 음악을 그만둘까 하는 생각을 했다고 한다. 많은 일에 쫓기며 심신이 소모되고 창조력이 고갈된 느낌 때문에 그랬던 듯하다.

『타란툴라』는 결국 개고는 물론 편집 과정도 없이 1971년이 되어서야 세상에 나왔다. 하기는 편집이 어떻게 가능할까 싶어지는 텍스트이다. 『타란툴라』는 베트남 전쟁과 인권운동, 창조적 갈등의 소용돌이 속에서 환상을 보는 초현실주의적 서사시의 콜라주다. 그 환상의 형식은 일본 애니메이션 〈파프리카Paprika〉의 혼돈을 떠올리게 한다. 가사를 쓰기 위한 연습장, 머릿속에 드는 생각을 그대로 여과 없이 토해 놓은 상상의 보고, 의식의 흐름, 수많은 페르소나의 각축장이다. 딜런은 만나는 사람들에게 자기만의 별명을 붙여 그것으로 그들을 기억했다고 한다. 따라서 별명이 붙여진 수많은 이름들은 그 자체로 하나의 이야기이다. 그의 노랫말이 잘 다듬어져 상품화된 다이아몬드라면 『타란툴라』는 투박한 원석이라 할 수 있을 것이다. 『타란툴라』의 모든 글은 짧은 시 형식의 편지로 끝나는데, 여기서 그의 노랫말과 가장 가까운 형식을 보게 된다. 편지마다 발신인, 수신인이 모두 다른 그 글들을 번역하며 일관되게 역자에게 들리는 '목소리'는 기이하게도 가수 에미넴Eminem이었다. 삶에 대한 불안, 현실에 대한 절망, 분노, 그리고 그 리듬 때문일 것이다. 에미넴이 『타란툴라』를 읽었을까? 라는 생각이 들기도 했다. 〈지하실에서 젖는 향수Subterranean Homesick Blues〉가 랩의 전조로 꼽히는 것을 보면 전혀 엉뚱한 추측은 아닐지도 모르겠다.

후기를 마치기에 앞서 밥 딜런이 『타란툴라』를 쓰던 시기 (1963~65)에 했던 인터뷰 중 몇 대목을 추려 소개하겠다. 그가 당시 이런 생각을 가졌다는 것을 알면 그를 이해하는 데, 무엇보다 『타란툴라』를 이해하는 데 참고가 될 것이다.

유행, 저항음악, 평화, 평등에 관하여―

나는 [음악의] 유행을 따른 적이 없다. 유행을 따를 시간이 없었다. 그런 시도조차 무용하다― 전통음악은 주역에 기초하고 있다. 그것은 전설, 성서, 재앙에서 비롯하며, 식물과 죽음을 중심으로 순환한다 (……) 수요가 많은 것은 무엇이나 다 그렇지만, 어떤 사람들은 전통음악을 소유하려고 든다. 이는 일종의 순혈주의와 관계가 있다. 무의미는 신성하다. 내가 포크싱어가 아니란 걸 모르는 사람은 없다—나는 저항에 흥미를 잃지 않았다. 애초부터 흥미가 없었기 때문이다. 가지지도 않았던 것을 어떻게 잃겠는가? (……) 나는 중력과 싸우지 않는다. 나는 평등의 가치를 믿지만 거리의 가치도 믿는다—평화 운동은 버터 덩어리와 같다. 평화보다는 덩어리에 헌신적인 사람들의 말을 어떻게 믿겠는가?—사람들에게는 한 가지 큰 축복이 있다. 무명의 신분이 그것이다. 그런데 정말 많은 사람들이 그것에 감사할 줄을 모른다.

왜 저항의 노래를 더이상 만들거나 부르지 않느냐는 질문에—

나는 더이상 써야 할 이유나 불러야 할 동기가 있는 노래는 작곡하지도 부르지도 않는다. 나는 '저항'이란 말을 한 적이 없다. 내가 그런 걸 하는 사람이라고 생각해본 적도 없다. 올바른 정신을 가진 정상적인 사람이라면 정직한 마음으로 그 말을 하면 딸꾹질이 나올 것이다. '메시지'라는 말은 치질에 걸린 것처럼 들린다. 메시지를 전달하는 노래들은 따분하다. 대학 학보 편집자들이나 열네 살 미만의 소녀들이라면 그런 걸 들을 시간이 있을 것이다.

저항 노래를 만들어 불러서 인기를 얻었는데 돈 때문이냐는 질문에—

동기가 돈이었던 적은 없다. (……) 어쩌다 우연히 그렇게 되었고, 나는 그걸 뿌리치지 않았다. 그걸 뿌리칠 아무런 이유가 없었다. 어쨌든 전에는 내가 지금 만드는 노래를 만들 수 없었을 것이다. 그전에는 노래란 내가 느끼고 보는 것에 관한 것이었다. (……) 나는 구체적이지 않은 노래는 부르고 싶지 않았다. 구체적이지 않은 것에는 시간 감각이 없다.

딜런의 노래를 좋아하는 청소년들이 부모[기성세대]처럼 되지 않도록 돕겠냐는 질문에—

난 그들의 부모를 모른다. 부모들이 그렇게 나쁜지도 잘 모르겠다. 나는 길바닥에 누운 사람을 치고 지나가지 않고, 굶는 사람을 보면 주저 않고 담배 한 개비를 주겠지만, 나는 양 치는 목자가 아니다. 사람들을 그들의 운명에서 구해낼 용의가 없다, 나는 그들의 운명에 대해 아는 게 전혀 없다. 여기서 핵심어는 부모가 아니라 운명이다. 나는 운명으로부터 아무도 구해낼 수 없다.

밥 딜런은 오래전부터 미국문학평론가협회상 후보에 올랐을 뿐 아니라 영국의 저명한 문학평론가이자 학자인 크리스토퍼 릭스Christopher Ricks 경의 지지를 받아 몇 년 동안 노벨문학상 후보에 오르다가 2016년 비로소 수상의 영예를 안았다. 국내외 문학계 일각에서는 노벨문학상위원회를 조롱하고 밥 딜런의 성취를 폄하하는 목소리도 들린다. 그러나 포크 음악이 60년대 백인들의 전유물이 아니었듯이 문학은 그 어떤 문학 전문가의 전유물이 아니다. 그의 서정시를, 그의 노랫말을, 그의 노래를—좋아하지는 않더라도 음미할 줄 모르거나 그 놀라운 언어와 멜로디에 감탄할 줄 모른다면 문학 공부라는 게 무슨 소용이 있겠는가?

이 글의 교정을 보기 이틀 전, 노벨문학상 시상식이 있었다. 밥 딜런은 공지되었던 바대로 시상식에 직접 참여하지 않았고 그가 작성한 수상 연설문을 미국 대사가 대신 읽었다. 딜런은 수상 소식을 듣고 그것을 현실로 받아들이기까지 오랜 시간이 필요했던 것 같다. 셰익스피어가 극을 쓰고 무대에 올리는 과정에서 문학을 하고 있다는 생각은 전혀 하지 않았을 것이라며, 딜런 자신도 창조적인 노력을 기울이고, 인생의 일상적인 일들을 처리하느라 바빴을 뿐이라고 말한다. 한 번도 자신의 노래가 문학인가라는 생각은 해보지 않았다며, 스웨덴 한림원이 자기 대신 그런 질문을 던지고 멋진 대답을 해준 데 대해 감사한다고 소감을 밝혔다.

한림원 회원이자 문학비평가 호라스 엥달은 상을 수여하며 "1960년대 딜런의 노래가 처음 나왔을 때, 대부분의 책 속의 시가 갑자기 활기가 없어 보였다"고 말한다. 밥 딜런이 처음에는 무모한 선택으로 보였지만 지금은 벌써 자명한 결정으로 보이지 않느냐고도 말한다. 그는 "세계 문학의 변천을 초래하는 것은 무엇입니까?"라고 묻고 "그것은 흔히 고고한 의미에서의 예술이 아니라서 무시된, 단순하고 간과된 어떤 형식을 누군가 움켜잡아 변형시킬 때 발생한다"고 대답한다. 소설은 애초에 일화와 편지에서 나왔으며, 극은 놀이와 공연에서 나온 것이라는 말이다. 오랜 옛날에는 시를 노래로 부르고 가락에 맞춰 읊었다는 점도 예로 들면서, 딜런이 노래를 쓰기 시작했을 때 노래는 다른 것이 되어 나왔다며, 딜런은 "시의 사금을 캤다"고 하면서, 그것이 의도한 것이든 우연이든 그건 중요한 게 아니라고 못 박는다. 그의 말마따나 밥 딜런은 "낭만주의 시인들 이래로 상실된 숭고한 스타일을 시에 돌려주었다." 이 말은 자기만의 문학에 갇혀 다른 사람의 문학마저 소유하고 통제

하려는 이들을 향한 경종으로 들린다.

『타란툴라』는 처음과 중간과 결말이 있는 소설이 아니다. 처음에는 혼란스러울지 몰라도 나중에는 묘한 매력을 느끼게 하는 책이다. 아티스트의 코드를 가진 이들에게 많은 영감을 주리라고 생각한다. 문학은 무엇일까? 나는 노벨상위원회의 결정에 대한 밥 딜런의 반응도 문학적이고, 노벨상위원회의 결정도 문학적인 멋진 결정이었다고 생각한다.

2016년 12월
공진호

참고 서적

Dettmar, Kevin J. H, ed. *The Cambridge Companion to Bob Dylan*, Cambridge: Cambridge University Press, 2009.

Heylin, Clinton, *Revolution in the Air: The Songs of Bob Dylan*, 1957~1973. Chicago: Chicago Review Press, 2009.

Marcus, Greil, *Bob Dylan: Writings 1968~2010*, New York: PublicAffairs, 2010.

Shelton, Robert, *No Direction Home: The Life and Music of Bob Dylan*, Omnibus Press, 2011.

Yaffe, David, *Bob Dylan: Like a Complete Unknown*, New Haven: Yale University Press, 2011.

1941년 5월 24일 미국 미네소타 주 덜루스의 부유한 유대인 집안에서 출
　　　생. 본명은 로버트 앨런 지머먼Robert Allen Zimmerman으로, 부모는
　　　에이브럼 지머먼Abram Zimmerman과 비어트리스 비티 스톤Beatrice
　　　Beatty Stone이다.

1947년(6세) 가족과 함께 덜루스에서 북쪽으로 100마일 떨어진 작은 광
　　　산도시 히빙으로 이주하다. 이곳에서 성장하면서 히빙 고등학교에
　　　입학한 후 로큰롤과 컨트리 음악에 심취해 친구들과 밴드를 결성
　　　하다.

1959년(18세) 미네소타 대학에 입학하면서 히빙을 떠나 미네소타 북부
　　　광산지역 미니애폴리스에 머물다. 그곳의 언더그라운드 포크 신
　　　딩키타운Dinkytown에서 연주하고, 포크 뮤지션들과 교류하는 데
　　　몰두하면서 대학 1학년 때 중퇴하다. 이 시기 수많은 포크와 블루
　　　스 음악을 들으면서 포크 음악의 전설적인 거장 우디 거스리Woody
　　　Guthrie에 대해 알게 되고 그의 수제자가 되겠다는 꿈을 품다.

1960년대　비트족·반문화·저항·젊음의 상징으로 자리매김하다

1961년(20세) 뉴욕에 가서 우디 거스리를 만나고 노래하겠다는 꿈을 지

니고서 미니애폴리스를 떠나다. 1월에 뉴욕 그리니치빌리지에 도착해 수많은 클럽을 전전하며 포크 가수로서 본격적인 활동을 시작하다. 우디 거스리가 입원한 뉴저지의 국립정신병원에 찾아가 그를 위해 노래를 불러주다. 이 시기에 첫 자작곡 〈우디에게 바치는 노래Song to Woody〉를 짓다. 9월, 포크 음악 비평가 로버트 셸턴이 〈뉴욕 타임스〉에 그의 공연을 극찬하는 기사를 싣다. 같은 달 컬럼비아 음반사 소속 가수 캐럴린 헤스터Carolyn Hester의 데뷔 앨범 수록곡에 하모니카 연주자로 참여하던 중 녹음 현장에 있던 전설적인 앨범 프로듀서 존 해먼드John Hammond의 눈에 들어 컬럼비아 음반사와 정식 계약을 맺다.

1962년(21세) 3월에 데뷔 앨범 《밥 딜런Bob Dylan》을 발표하다. 이 앨범에는 자작곡이 2곡에 불과했지만 이후 엄청난 속도로 수많은 양의 자작곡을 써낸다. 같은 달에 쓴 〈불어오는 바람 속에Blowin' in the Wind〉를 피터, 폴 앤드 메리Peter, Paul and Mary가 불러 대히트를 기록하다. 이 곡이 민권운동을 대표하는 노래로 널리 알려지면서 큰 주목을 받기 시작하다. 8월에 자신이 좋아하던 시인 딜런 토머스 Dylan Thomas의 이름을 따 '밥 딜런'으로 개명하다.

1963년(22세) 2집 앨범 《자유분방한 밥 딜런The Freewheelin' Bob Dylan》을 발표하고, 자신이 부른 〈불어오는 바람 속에Blowin' in the Wind〉를 수록하다. 마틴 루터 킹 목사가 연설했던 워싱턴 평화 대행진을 비롯해 수많은 민권운동 현장에서 노래하며 저항가수로 널리 이름을 알리다. 5월에는 〈에드 설리번 쇼〉 출연을 승낙

하지만, 리허설이 진행되는 동안 프로그램 책임자가 〈존 버치 편집증 토킹블루스Talkin' John Birch Paranoid Blues〉라는 곡이 반사회주의 단체에 불쾌감을 준다는 이유로 부르지 말 것을 권하자 방송국의 검열을 따르지 않고 뛰쳐나가다. 이 사건으로 그의 정치적, 반항적 이미지가 더욱 공고해지다.

1964년(23세) 1월에 앨범《시대는 변하고 있다The Times They Are A-Changin'》를 발표한 데 이어 8월에는《밥 딜런의 또다른 면 Another Side of Bob Dylan》을 발표하다. 정치적이고 저항적인 가수로 규정당하는 것에 회의를 느끼면서 변화를 시도하는 시기다.

1965년(24세) 3월에 처음으로 일렉트릭 악기를 사용해 녹음한 앨범《모두 가지고 돌아오다Bringing It All Back Home》를 발표하다. 7월에는 뉴포트 포크 페스티벌에 참여해 〈구르는 돌처럼Like a Rolling Stone〉을 포함, 다음달에 발표할 앨범《다시 찾은 61번 고속도로Highway 61 Revisited》에 수록될 세 곡을 일렉트릭 기타를 연주하며 노래했다가 포크 음악 팬들의 야유를 받고 십오 분 만에 무대에서 내려온다. 어쿠스틱 음악이어야 하는 포크의 순수성과 진정성을 일렉트릭 악기로 훼손했다는 이유였다. 11월에 전직 모델이자 당시 25세였던 세라 로운즈Sara Lownds와 비밀리에 결혼하다.

1966년(25세) 미국 공연과 월드 투어를 계속하다. 공연 1부에서는 어쿠스틱 기타를 들고서 포크송을 부르고, 2부에서는 밴드와 함께 로큰롤 무대를 선보이다. 일렉트릭 기타를 들고 노래하는 그에게 청중

들이 '배신자' '변절자'라는 야유를 퍼붓다. 5월에 앨범《블론드 온 블론드Blonde on Blonde》를 발표하고, 2개월 뒤 집 근처에서 오토 바이를 타다 사고를 당하다. 모든 공연과 공식활동을 취소하고 1년 간 은둔해 지내면서 '더 밴드The Band' 멤버들과 기존의 곡들을 다시 녹음하거나 자작곡을 만들면서 작품활동을 이어나가다. 실험적인 소설 『타란툴라Tarantula』를 집필하다.

1967년(26세) 테네시 주 내슈빌에서 컨트리 음악을 녹음하고 10월에 앨범《존 웨슬리 하딩John Wesley Harding》을 발표하다. 절제되고 우화적인 가사와 어쿠스틱 사운드로 회귀한 모습으로 팬들에게 새로운 충격을 안기다. 10월 3일에 자신의 우상이었던 우디 거스리가 사망했다는 소식을 듣다.

1968년(27세) 1월 20일 카네기홀에서 열린 '우디 거스리 추모 콘서트'에서 20개월 만에 처음으로 라이브 공연을 펼치다.

1969년(28세) 이전 앨범에서 실험한 컨트리 사운드를 기반으로 또하나의 컨트리 음악 앨범《내슈빌 스카이라인Nashville Skyline》을 발표하고 대중과 평단으로부터 모두 좋은 평가를 받다.

1970년대 상업적으로 성공을 거두는 시기인 반면, 기독교 신앙을 경험하면서 종교적인 주제의 노래를 주로 부르다
1970년(29세) 6월에 대중적인 커버곡으로 채워진《자화상Self Portrait》을 발표하지만 평단으로부터 형편없는 앨범이라는 혹평을 듣다. 훗날

인터뷰에서 이 앨범에 대해 1960년대 자신에게 씌워진 이미지를 벗고자 만든 것이라고 언급했다. 같은 달 프린스턴 대학에서 명예 박사학위를 받은 그는 불과 4개월 만에 전곡이 자작곡인 앨범《새 아침New Morning》을 발표하다.

1973년(32세) 영화감독 샘 페킨파Sam Peckinpah와 계약을 맺고 그의 영화〈팻 개릿과 빌리 더 키드Pat Garrett & Billy the Kid〉의 수록곡을 만들다. 가사가 없는 연주곡을 포함해〈빌리Billy〉와〈천국의 문을 두드려요Knockin' on Heaven's Door〉라는 명곡을 남기다. 뿐만 아니라 감독의 제안을 받고 배역을 맡아 영화에도 출연하다.

1974년(33세) 앨범《플래닛 웨이브스Planet Waves》를 발표한 뒤 '더 밴드' 멤버들과 함께 투어 현장으로 복귀하다. 1974년 말까지 이 앨범은 60만 장이라는 엄청난 판매고를 올린다.

1975년(34세) 1월에 앨범《트랙 위의 피Blood on the Tracks》를 발표하다. 아내 세라와의 관계가 악화되고 행복했던 결혼생활이 무너져가면서 기존에 발표했던 곡들에서보다 개인적인 고통과 혼란을 더욱 구체적으로 표현한다. 6월에는 1966년 오토바이 사고 이후 은둔했던 기간 동안 녹음한 곡들을 집대성해《비정규 앨범The Basement Tapes》을 정식으로 발매한다.

1976년(35세) 순회공연 프로젝트 '롤링 선더 레뷰Rolling Thunder Revue'를 진행하며 수많은 밴드와 함께 연주하는 기회를 갖다. 이때의 경험을 살려 여러 뮤지션들과 함께 공동작업을 벌이면서 앨범《욕망 Desire》을 발표하다. 이 앨범이 미국 빌보드 차트에서 약 5주간 1위를, 영국 UK 차트에서는 3위의 자리를 굳건히 지키며 엄청난 판매고를 올리다.

1977년(36세) 세라와 이혼하다. 다섯 자녀의 양육권을 모두 세라가 가져가면서 혼자 남게 된다.

1978년(37세) 앨범《스트리트 리걸Street Legal》을 발표하다.

1979년(38세) 세계 순회공연을 마치고 돌아온 이후 종교적 계시를 경험하며 기독교인이 된다. 기독교 노래가 담긴 앨범《느린 기차가 와 Slow Train Coming》를 발표한다. 공연중 '이전에 녹음한 노래는 부르지 않겠다'고 선언하고 기독교 교리를 설파한다.

1980년(39세) 종교적 성향이 짙은 앨범인《구원Saved》을 발표하다. 1979년에 발표한 앨범《느린 기차가 와Slow Train Coming》의 수록곡인 〈누군가를 섬겨야만 해Gotta Serve Somebody〉로 그래미상(최우수 남성 록 보컬 퍼포먼스 부문)을 수상하다.

1980년대 꾸준히 앨범을 발표하지만 평단의 반응이 갈리며 가수로서의 입지가 애매해지는 반면, 끝나지 않는 공연 프로젝트인 '네버 엔딩 투어'를 시작하다
1981년(40세) 앨범《샷 오브 러브Shot of Love》를 발표하다.

1983년(42세) 앨범 《이교도들Infidels》을 발표하다. 이 시기부터 종교적 색채가 짙은 음악을 뒤로하고 다시 대중적 성향의 곡을 발표하기 시작한다. 종교적 이미지를 완전히 탈피한 것은 아니지만 사랑과 상실에 대한 주제를 좀더 개인적인 관점에서 노래한다.

1985년(44세) 앨범 《엠파이어 벌레스크Empire Burlesque》를 발표하다. 7월에 에티오피아 난민 원조기금을 모으기 위한 기획 콘서트 '라이브 에이드Live Aid' 무대에 서다.

1986년(45세) '톰 페티 앤드 하트브레이커즈Tom Petty and Heartbreakers'와 세계 순회공연을 하다. 백 보컬리스트 캐럴린 데니스Carolyn Dennis와 재혼하다. 7월에 《엉망으로 취해 나가떨어진Knocked Out Loaded》을 발표하다.

1987년(46세) '그레이트풀 데드The Grateful Dead'와 함께 공연하다. 공연에 대한 관객들의 반응은 호의적이지 않았지만, 그레이트풀 데드가 끝없이 공연을 이어가는 모습에서 영감을 얻어 '네버 엔딩 투어Never Ending Tour'라는 공연 프로젝트를 구상하다.

1988년(47세) 《그루브에 빠져서Down in the Groove》를 발표했으나 혹평이 쏟아지다. 이에 굴하지 않고 조지 해리슨George Harrison, 로이 오비슨Roy Orbison, 톰 페티Tom Petty, 제프 린Jeff Lynne과 함께 '트래블링 윌버리스Traveling Wilburys'라는 프로젝트 밴드를 구성해 활동한다. 이들의 데뷔 앨범 《트래블링 윌버리스 Vol. 1》이 인기를 얻으며 빌보드 차트 3위에 오른다. 6월에는 1년 전부터 구상해왔던 '네버 엔딩 투어'를 시작한다. 이 투어는 향후 20년간 계속된다.

1989년(48세) 《오 자비를Oh Mercy》을 발표하고 '진정한 딜런이 돌아왔다'는 호평을 듣다.

1990-2000년대 '네버 엔딩 투어' 2천 회를 거뜬히 넘기며 지치지 않는 저력을 과시하고, 그간의 노고를 치하하듯 거장에게 끊임없는 수상의 영광이 이어지다

1990년(49세) 9월에 《붉은 하늘 아래Under the Red Sky》를 발표하다. 10월에는 트래블링 윌버리스의 두번째 앨범 《트래블링 윌버리스 Vol. 3》을 발표하다.

1991년(50세) 그래미상 평생공로상을 받다.

1992년(51세) 《그동안 잘해줬듯이Good as I Been to You》를 발표하며 포크와 블루스 음악으로 회귀하다. 캐럴린 데니스와 이혼하다.

1993년(52세) 《세상은 잘못됐어World Gone Wrong》를 발표하다.

1995년(54세) 1993년 발표한 앨범 《세상은 잘못됐어World Gone Wrong》으로 그래미상(최우수 트래디셔널 포크 앨범 부문)을 수상하다.

1997년(56세) 5월에 심장막염 진단을 받고 병원에 입원하다. 투어 활동을 잠시 중단하고 세 달가량 휴식한 뒤 8월에 무대로 복귀하다. 7년

만에 앨범 전곡을 자신의 자작곡으로 채운《아득한 옛날Time Out of Mind》을 발표하고, 이듬해 그래미상에서 올해의 앨범상을 수상하다. 12월에 빌 클린턴 대통령이 케네디 센터 명예훈장을 수여하다.

1999년(58세) 〈타임〉이 뽑은 '20세기 가장 영향력 있는 인물 100인' 중 한 명으로 선정되다.

2000년(59세) 폴라음악상을 수상하다.《아득한 옛날Time Out of Mind》의 수록곡이자 영화 〈원더 보이즈Wonder Boys〉의 주제곡인 〈상황이 변했다Things Have Changed〉로 아카데미상과 골든글로브상을 거머쥐다.

2001년(60세) 《"사랑과 절도"“Love and Theft”》를 발표하고 이듬해 그래미상(최우수 컨템포러리 포크 앨범 부문)을 수상하다.

2003년(62세) 영화 〈가장과 익명Masked And Anonymous〉의 시나리오를 쓰고 연출하다.

2004년(63세) 회고록이자 자서전인 『연대기: 제1권Chronicles: Volume One』을 출간하다

2006년(65세) 3월에 앨범《모던 타임스Modern Times》를 발표하고 미국 빌보드 차트 정상을 차지하다. 이러한 기록은 1976년에 발표한 앨

범《욕망Desire》이래 처음이다. 이 앨범으로 그래미상(최우수 컨템
퍼러리 포크/아메리카나 앨범 부문)을 수상하는 영광을 안다. 이
시기 '네버 엔딩 투어'의 공연 횟수가 2천 회에 달하다. 이듬해《모
던 타임스》의 수록곡 〈언젠가는 그대여Someday Baby〉로 그래미상
(최우수 솔로 록 보컬 퍼포먼스 부문)을 수상하다.

2008년(67세) "빼어난 시적인 힘이 담긴 가사를 통해 대중음악과 미국
문화에 깊은 영향력"을 준 공로로 퓰리처상을 수상하다.

2009년(68세) 4월에 앨범《평생 함께Together Through Life》를 발표하다. 발
매 일주일 만에 빌보드 차트 1위, UK 차트 1위에 오르다. 10월에
는 그의 가수 생활 최초로 크리스마스 앨범《마음속의 크리스마스
Christmas in the Heart》를 발표하고 판매 수익을 미국 자선단체 및 유
엔세계식량계획기구(WFP)에 기부하다.

2012년(71세) 《폭풍우Tempest》를 발표하다. 버락 오바마 대통령으로부
터 '대통령 자유 훈장Presidential Medal of Freedom'을 받다.

2015년(74세) 앨범 《밤의 그림자들Shadows in the Night》을 발표하다. 앨범
을 발표한 지 일주일 만에 UK 차트 1위를 차지하고, 그래미상(최
우수 트래디셔널 팝 보컬 앨범 부문)을 수상하다.

2016년(75세) 5월에 《추락한 천사들Fallen Angels》을 발표하다. 10월 13일
에 노벨문학상 수상자로 선정되다.

지은이 **밥 딜런**
미국의 싱어송라이터, 시인. 1941년 5월 24일 미국 미네소타 주 유대인 집안에서 태어났다. 본명은 로버트 앨런 지머먼. 10세 때부터 시를 쓰기 시작했다. 1959년 미네소타 대학교에 입학했다. 21세에 앨범 《밥 딜런(Bob Dylan)》으로 데뷔한 이래 사회성 짙은 저항적 노랫말의 곡들을 발표해왔으며 한때 베트남 전쟁에 대한 저항의 표상이 되기도 했다. 〈불어오는 바람 속에(Blowin' in the Wind)〉〈시대는 변하고 있다(The Times They Are A-Changin')〉와 같은 노래들은 한국의 학생운동에도 영향을 주었다. 대중음악 역사상 가장 영향력 있는 음악가 중 한 명으로 꼽힌다. 1982년에는 작곡가 명예의 전당에, 1998년에 로큰롤 명예의 전당에 입성했다. 2000년에 '음악의 노벨상'이라 불리는 폴라음악상을, 2016년에는 음악가로는 처음으로 노벨문학상을 수상했다.

옮긴이 **공진호**
뉴욕시립대학(CUNY)에서 영문학과 창작을 전공했다. 옮긴 책으로 윌리엄 포크너의 『소리와 분노』, 스콧 피츠제럴드의 『밤은 부드러워』, 허먼 멜빌의 『필경사 바틀비』, 하퍼 리의 『파수꾼』, 이디스 그로스먼의 『번역 예찬』, 『에드거 앨런 포 시선: 꿈속의 꿈』 『안나 드 노아이유 시선: 사랑 사랑 뱅뱅』 『아틸라 요제프 시선: 일곱번째 사람』 『베르톨트 브레히트 시선: 마리 A.의 기억』 『월트 휘트먼 시선: 오 캡틴! 마이 캡틴!』 등이 있다.

문학동네 세계문학
타란튤라

초판인쇄 2016년 12월 15일 | 초판발행 2016년 12월 22일

지은이 밥 딜런 | 옮긴이 공진호 | 펴낸이 염현숙
책임편집 이현정 | 편집 손예린
디자인 김현우 이주영 | 저작권 한문숙 김지영
마케팅 정민호 이미진 정진아 김혜연 | 홍보 김희숙 김상만 이천희
제작 강신은 김동욱 임현식 | 제작처 영신사

펴낸곳 (주)문학동네
출판등록 1993년 10월 22일 제406-2003-000045호
주소 10881 경기도 파주시 회동길 210
전자우편 editor@munhak.com | 대표전화 031) 955-8888 | 팩스 031) 955-8855
문의전화 031) 955-1927(마케팅) 031) 955-2652(편집)
문학동네카페 http://cafe.naver.com/mhdn | 트위터 @munhakdongne

ISBN 978-89-546-4372-6 03600

www.munhak.com